O Bicho
Henrique Lederman Barreto

cacha
lote

O Bicho
Henrique Lederman Barreto

PARTE I
MITO

Tinha alguma coisa naquela floresta, começa assim, com a sugestão de uma pessoa perdida que se assusta e olha para trás. Digo isso porque todo mundo na cidade sabia: que algo perambulava entre os troncos, afastando folhas e galhos, amassando o cascalho sob seus pés. Algo que talvez se enterrasse no chão, sorrateiramente, e mantivesse sua cara suja escondida na terra, dois olhos cheios em meio ao cascalho, olhos que se abrem de uma vez. Quanto a isso nunca estivemos a sós, porque muita gente sussurrava, falando em suspeitas e aparições. Porque a cidade, de certa maneira, vivia à beira da morte, da floresta verde e escura, que olhava para nós, espreitando, um signo perverso e perigoso, lar de uma obsessão invisível – um monstro caminhando livre entre as copas, em movimento: forte e talvez curvado, com músculos deformados e protuberantes, as patas mancas e um sorriso aberto, largo: cheio de dentes.

Me lembro quando as árvores ainda guardavam esse segredo, voando rápidas na janela do carro. De como me sentia segura e acolchoada nos bancos, procurando encontrar de relance aquilo que me amedrontava. Sempre seria possível duvidar.

E eu mesma – quantas vezes não me enganei – olhando por entre aqueles troncos e gravetos livres, montando e desmontando monstros fugidios nas frestas que a floresta deixava, distraída, enquanto me deslocava. Olhava a mata vazia e imaginava: "o monstro está ali e olho pra ele, mesmo que não possa ver". E era como se me sentisse corajosa, por reconhecê-lo, conjurá-lo. Olhava meus pais dirigindo, conversando sobre as contas de casa, e me imaginava perdida entre os troncos: era recorrente, como se um dia o carro seguisse sem mim, abandonando-me para trás na mata, ao alcance do monstro. Sabia como seria, que olharia em volta, para a miríade de troncos que não terminavam, estilhaçando-se na distância de galhos fractais, e em como adivinharia de onde viria o monstro, antecipando seus futuros rastros, até sentir seu toque frio em meus ombros. Em como congelaria, sem nunca virar.

Me lembro do grupo, de como fazíamos parte. Falávamos sobre o monstro como de um segredo que pertencia a nós e a poucos mais. Porque mesmo que a comunidade falasse da coisa, na maioria das noites dormia, enquanto nos reuníamos para trocar superstições, compor um mapa investigativo, uma constelação que avançava, semana a semana, com textos, desenhos, definições. Me lembro de como planejamos uma reunião na floresta, que nunca ocorreu, de como ansiávamos nos expor ao perigo, em cabanas organizadas diante desse precipício verde – a floresta – que tinha ares de garganta e ralo. "A floresta é uma aranha", alguém sugeriu. E eu vi aquelas patas-galhos, balançando suas franjas-folhas como se fossem avançar sobre nós, submissos, entregues ao monstro, regente de tudo como um senhor das sombras. Tentei falar no assunto.

O que sei é que o bicho tinha uma existência múltipla. Porque eram várias as versões de sua aparência, seu sorriso, suas garras. Tudo isso multiplicava sua existência, num feitiço que projetava, ao mesmo tempo enclausurado e enclausurando-nos dentro de nossas cabeças. Éramos sua sala de espelhos, sua enorme colcha de retalhos. E ele era a soma desse quebra-cabeça, feito palavras, que montávamos diferente, versões suas em cada um de nós, nossos pesadelos. Na maioria das vezes, me lembro que o monstro sorria, um sorriso louco. Não porque achasse algo engraçado, mas porque era incapaz de fechar a boca, esconder os dentes que salivavam: sua arcada era, de certa maneira, uma joia incrustada no corpo. Chamávamos isso de sorriso, eu e os outros, para diminuir o domínio assustador que aquilo tinha sobre nós, sobre mim mesma.

Invoco o monstro dentro de mim e ele caminha no escuro, até aparecer sob um foco de luz, que luz? Vejo seu sorriso, o mesmo fragmento que reflete diferente nas poças úmidas e reflexivas de cada um: as milhares de salas do monstro, as cidades do seu reino, suas casas. Penso num caleidoscópio de sorrisos, dentes, escamas, guelras, garras. Nosso pesadelo comunitário. E ainda que ninguém ou muito poucos percebessem esse espectro, que a todo momento cobria a cidade, mesmo que todos seguissem distraídos em seuss afazeres, distraídos das nuvens cada vez mais densas, da chuva que poderia cair de uma vez, eu sabia.

Na minha cabeça o sorriso era assim (e é assim mesmo hoje): avanço com o carro no crepúsculo da tarde e minhas mãos trêmulas seguram o volante. Na beira da estrada escurecida, um poste ilumina algo estranho, que fica para trás: é o monstro. Aparece e sorri sobre os ombros, torcendo a cabeça por causa do carro. Há um brilho em seus dentes e não consigo perceber se estão sujos de sangue, se come algum animal. Sigo pela estrada até minha casa e corro para o quarto, porque o monstro galopa atrás de mim, nas trevas. Me deito e imagino se ele vem, ele vem, e para na porta. Parece sugerir algo.

Madalena me dizia que o sorriso para ela era assim: um bicho verde e bondoso no meio das árvores – uma espécie de último druida, benevolente. Mas de uma benevolência estranha, obtida a muito custo e sofrimento e sangue, e ainda asssim assente em frágil equilíbrio, capaz de perder-se, incontida, quando provocada. É dizer que se mantinha tamanha calma, era justo para controlar a imensa agressividade que a qualquer momento podia revelar-se, latente, diante de ínfima perturbação. Madalena me dizia como estremecia, diante desse olhar, que sucumbia no chão, agarrada às raízes e folhas. E que o monstro não se movia, nem por um segundo se movia. Continuava parado no meio das árvores, meditando. Como se vivesse em outro tempo e cada gesto seu durasse vagarosamente o tempo que demora para uma floresta crescer e apodrecer. Madalena sugeria, nos encontros do grupo, que o monstro vivia e percebia o mundo em rápida composição e decomposição, se mexendo sem perceber que o fazia muito devagar, no tempo do mundo. E que ao fazer assim, talvez entendesse que regia a vida e a morte, ao sabor dos seus movimentos largos. Madalena dizia assim: "o monstro levanta o braço e parte da floresta renasce, parte desaparece". Penso que se fosse assim, o monstro não perceberia Madalena, caída na terra. Que ela seria apenas uma das flores em flashes, que desabrochariam intermitentes e morreriam, em alta velocidade, seguindo os movimentos do monstro, piscando em seu entorno como uma espécie de chuva.

Para Hugo, pobre coitado, o monstro era um guerreiro de músculos, fome e maldade. Algo a que se podia vencer, espalhando armadilhas de urso nas trilhas embrenhadas na mata. O sorriso do monstro era um sorriso de quem luta e descansa da guerra que trava, um monstro que desfruta estar vivo, por um dia a mais, descansando na paz de um galho. Sabia que Hugo desejava, no fundo, ter o bicho pendurado em sua parede, sua cabeça sobre a estante da sala, como um trofeu, uma cabeça de alce. Era provável que sonhasse com a glória da cidade aos seus pés. Da peregrinação e vigília que fariam em volta da sua casa, lar definitivo da fera. Esse era o sorriso de Hugo, o último esgar que o monstro estendia à humanidade, pendurado na parede, num bom humor morto, talvez finalmente contente, de quem talvez merecesse ter vivido mais, mas não teve tempo. Mas que tudo ia bem assim, como um destino que guardava uma vitória final. O último olhar de incompreensão de um animal que matamos e não vê nenhum sentido no que fazemos. Pobre Hugo, só de pensar no seu corpo entrando na mata, cheio de armadilhas e mordaças, ai, pobre da sua mãe.

É estranho pensar no tanto que movemos para garantir que algo morra. Quando penso na floresta, no que era, e na própria cidade, me dá uma espécie de calafrio, uma dor no coração. Me dá vontade de dizer que não existem monstros, que é só o medo de que algo diferente surja e dissolva o que fazemos em pura morte, incompreensão.

O bicho não queria fazer mal a ninguém, pelo menos é isso o que eu acho. O que temiam, sobremaneira, era a ideia que permeava nossos encontros, como se o monstro fosse um pretexto para que discutíssemos não apenas sua existência, mas também as nossas, perdendo-nos em celebrações que entravam pela madrugada e inaguaravam algo novo, cedo, pelas manhãs.

Pode ser que sim, tenha pego Hugo, pode ser que sim. Alguém disse que "talvez o monstro nem notasse que algo se desfazia enquanto comia, que um ponto de vista se apagava". E me lembro das lágrimas, dos olhares de reprovação. "O monstro não vê diferença entre vida, solo e carcaça", esse alguém continuava, "é como o tempo". E lembro que muitos avançaram sobre ele, pela insensibilidade de suas palavras, precoces demais diante do ocorrido, do início de uma confusão.

Preferia que Hugo estivesse aqui, porque lembro do seu sorriso, do seu jeito amigável, sua alegria. E porque agora nesse instante me sinto abandonada, já que Madalena arruma os cabelo na janela e suas costas são as costas enormes do mundo, longe de mim. Me lembro de um momento que talvez nunca tenha existido, mas que mesmo assim talvez seja a soma de milhares de pequenos momentos, estes sim, em que vi ou imaginei ter visto Hugo olhando o horizonte, os montes imaginários que poriam fim à cidade, olhando além de suas fronteiras. Dizia que ia embora dali, mas esse dia nunca chegava. Madalena acendeu um cigarro e a fumaça caminhou pra fora: talvez Hugo não tenha desaparecido, procurando o monstro na mata, talvez tenha ido embora, como dizia, e que por descuido, tenhamos perdido contato. Talvez hoje atravesse uma rua, pequeno sob as luzes dos postes de uma capital. Ou talvez corra num parque arborizado, na sucessão de árvores frias, que já nem mais o lembram do monstro, da nossa pequena floresta, de que possa ter sofrido um ataque. E essa é a maior dor, não poder relembrar meu amigo, sem que sua figura despreocupada e nossos bons momentos sejam prelúdios para as imagens finais, sombrias e cheias de raízes escuras e umidade: quando o monstro pega o corpo de Hugo com seus grandes dedos magros e o leva a boca como um pedaço de carne. E eu vejo meu amigo ir embora, sumindo aos poucos, em mordidas calmas. Me horrorizo, luto comigo mesma: digo que não foi assim. Mas é assim que imagino, lutando para acreditar que Hugo está vivo. Ou que ainda seja possível salvá-lo.

Quando visitamos sua mãe, estava arrasada. Abriu a porta e acariciou minha bochecha, os cabelos, como se fossem uma parte do filho. Os porta-retratos da sala estavam todos virados para baixo, era certo que doía demais. Ela mesma disse que o filho vinha agindo estranho, acordado tarde da noite ou falando furtivamente no telefone. Ou fechando o computador quando ela aparecia na porta do quarto. Disse que tinha vergonha, mas que um dia tinha conseguido espiar: o filho vasculhando um mapa, itinerários de trens e fazendo contas. Quando disse isso, parecia lamentar, como se pudesse ter mantido Hugo trancado no quarto. Que a culpa fora sua, de deixá-lo solto no mundo, apenas porque já era um homem de barba.

Penso que o monstro desceu até Hugo. E mesmo que não tivesse asas, mesmo que não conheça suas formas, penso em asas grandes de harpia, abertas contra a luz. Penso que existe uma neblina na mata, feita do suor das plantas, que dissipa e aprisiona o brilho da claridade. Nessa bruma, o monstro desce triunfal, como um anjo. E sua aterrissagem faz com que Hugo estremeça e caia de joelhos, como se o momento lhe removesse todos os ossos. Não imagino que tenha podido reagir. Penso que mesmo agora, se ainda estiver vivo, sonha com essas mesmas asas, acorda ainda absorto e faz o café. Pode ser de outra forma, que o monstro tenha descido por um tronco, rastejando como um lagarto, que desce da toca porque algo se moveu em sua armadilha. Nesse encontro penso que o monstro e Hugo se agrediriam com rancor e remorso, ambos descontando um no outro a raiva de buscar coisas diferentes, diferentes do que pedia a cidade. Ambos pensando numa vitória que lhes relembraria sobre como o mundo é estranho, como são estranhos os adversários e sobre como vencê-los nos deixa cada vez mais sós nesse mundo. E que sabem, ambos, como sei hoje, que a realidade não se torna nem um centímetro mais amigável, depois que um adversário se foi.

Me lembro de quando vimos sua mãe no mercado, pegando os produtos, checando os rótulos e os devolvendo nas gôndolas, com a cesta vazia e os cabelos embaraçados. Olhou pra nós e meneou a cabeça, um cumprimento distante e ridículo, porque fazia pouco frequentávamos assiduamente sua casa. Me aproximei e perguntei se precisava de ajuda – e vi seus olhos grandes aumentando, aumentando, tentando dimensionar o tamanho do que ajuda significava. Perguntei o que procurava e ela pareceu não entender, mas por um segundo se encheu de vida, como se alguém a lembrasse do que estava fazendo ali, do que estava fazendo em sua nova vida, em seu luto, do que procurava. Estava procurando por Hugo. E por um segundo pareceu nutrir uma grande esperança de que talvez seu filho estivesse a vender no mercado. Peguei sua mão e a levei para fora, pedi que um dos mototáxis a levasse de volta para casa e ela não contestou, nem por um momento, colocando o capacete como se fosse a única coisa a fazer, subindo na garupa do homem como se fosse seu destino mais claro, sumindo na primeira curva, como a solidão que vai embora pelo mundo, sem esperança nenhuma de voltar pra casa. O quarto de Hugo do jeito que havia deixado.

Hoje pensando talvez seja fácil dizer que eu estava obcecada com o monstro. Eu estava. O monstro que eu tentava decifrar e a floresta que para mim continuava misteriosa. O monstro sentado em seu trono, em seus galhos de realeza, reunido no centro dos bichos não para comandar, mas para ser exatamente como eles, para lembrá-los que no topo da hierarquia ele obedecia às mesmas leis infelizes de todos os animais. Penso ser a única a tê-lo compreendido, de como aspirava sê-lo. De como aspirava ser um pássaro colorido na mata verde, que se distingue singular, alheio aos movimentos de caça do monstro, eu mesma a um instante de perder-me nos ares, voando determinada ao menor sinal de perigo, de que era preciso bater as asas. Fecho os olhos e aguardo no meio da mata, procuro palpitar como palpita o monstro, o pulmão da floresta. Mas me lembro da casa queimando, da casa que encontraram no meio da mata, do homem que prenderam como cúmplice. Penso em como queimariam esse diário e de como essas palavras arderiam nas chamas, pela ousadia de terem existido a partir de mim, enquanto muito bem poderiam ter sido guardadas. Não fazia bem falar sobre o monstro, quando o adequado mesmo seria sempre matá-lo.

Quando éramos pequenos, diziam que monstro vinha atrás dos caroços de manga. Provavelmente uma brincadeira dos mais velhos, mas que ganhava seriedade, quando juntávamos os caroços no canto do quintal e observávamos de longe, mesmo tarde da noite, à janela. Ainda estavam ali, o monstro ainda estava distante, não tinha passado pelo nosso quintal. Hugo dizia "deixe que venha", enquanto apagava sua lanterna. E a gente esperava. Mesmo enquanto não vinha, o monstro vinha de várias formas, sempre iminente nas sombras para além das cortinas, sempre sugestivo na meia-luz em que nos encontrávamos. Me lembro dos seus dentes arreganhados de lobo, sempre que era minha vez de ir à janela, olhar aquele vazio todo, os caroços largados. Dormíamos espalhados no chão e no dia seguinte não estavam mais lá. E procurávamos pela grama suas pegadas. E alguém sempre encontrava algo que parecia, sim, um rastro. E nos animávamos e culpávamos um ao outro procurando o primeiro a ter adormecido, o responsável pelo relapso. Me lembro quando mais longe, para além dos muros, Hugo achou um dente achatado, que recolheu logo, examinando na altura dos olhos. Era o dente do monstro. E da excitação por termos agora algo que lhe pertencia. Algo que precisaríamos guardar bem, uma relíquia, uma peça importante para o desfecho, o desenlace.

Me lembro quando fantasiávamos, animados pelas quase aparições do monstro e mais do que nunca pelo dente encontrado, que Hugo usava como o pingente de caça. O resto de nós se admirava e eu mesmo tinha esvaziado uma caixa de música onde achava que deveríamos guardar o molar. Mas Hugo não ouvia, achava estar a meio caminho de vencer a batalha. Pobre Hugo. Hoje é fácil ver o que na época nunca poderíamos: o menino com os olhos resolutos e o colar no colo, abrindo na mesinha uma folha de mapa, onde a moradia do monstro estaria assinalada. Mas não era nada disso. No pano aberto ele havia desenhado um círculo cheio de letras e quatro símbolos: a caveira da morte, a árvore da vida, a asa da promessa que sim, a cruz da promessa que não. Numa extremidade a palavra "talvez", na outra a palavra "quase". No centro disso tudo ia um copo, que deveríamos energizar juntos, com a ponta dos dedos, depois de rezar. O copo se locomovia, compondo as palavras que vinham do monstro, do seu espírito. As velas eram muito importantes, dispostas no parapeito, na cômoda, no chão e nos patamares. E começávamos. De mãos juntas e olhos fechados, entoávamos as palavras que havíamos concordado entoar: "Sopro da natureza, sopro da selva, ar frio, ar que respira no escuro, rio de sombra, escuro que corre, no meio das coisas, lar do monstro, sabemos que o mundo é seu, venha a nós, em vossa natureza, para que possamos te ouvir falar". Depois as velas sempre tremiam. E o escuro do sótão se fazia maior. Os indicadores mantinham-se apoiados no copo emborcado, os olhares cúmplices. Eu era sempre a primeira a falar: "Está entre nós, monstro?". E nos olhávamos ansiosos, como se algo pudesse acontecer de repente. E o copo mexia, compondo as letras. Depois que ele dizia "sim", sempre uma vela apagava. Sozinha. E o mundo era um silêncio mais escuro, inteiriço. "Algum dia você pega um de nós?", alguém perguntava. O copo dizia que quase.

Havia outros grupos como nós, outras pequenas seitas, que contavam nos intervalos das aulas as novidades que tínhamos conseguido do monstro, os avanços. Competíamos entre nós, na ousadia das perguntas e na solidão com que abríamos nossos tabuleiros individuais, em casas vazias ou em sítios mais afastados. Alguém jurou acender as velas à meia-noite, e que o copo tinha levitado, flutuado reto em direção à mata, ou se espatifado contra um tronco de árvore, boatos. Eu acreditava. Diziam que o monstro tinha uma caverna de copos e que andava sobre os cristais, triturando-os com suas patas grandes. E que os estilhaços não conseguiam perfurar um triz na sua couraça. Quisemos nós, também, redobrar nossos desafios. Montar a invocação na casa de Hugo, um rancho mais afastado. Quando sua mãe viajou nos reunimos e esperamos a madrugada. Abrimos o jogo no quintal lá fora, espalhando as velas na grama. Depois da reza, ouvimos um silêncio maior, o silêncio que procurávamos. E me lembro da compreensão tácita, em cada olhar grave, de que talvez estivéssemos indo longe demais. Ali, mais perto da floresta, a floresta olhava. E eu olhava pra longe, procurando dois olhos verdes ou mais, antes de voltar ao círculo febril das velas acesas, nossa pequena canoa na noite, avançando no rio da mata. Vi a cara ausente do monstro, naquele enorme vazio. A natureza-gruta, as coisas guardadas lá dentro, incongruentes com a realidade, assustadoras. "Você quer o seu dente de volta?", Hugo perguntou. E chegamos juntos à resposta que sim. Naquela noite morreu um cavalo na baia.

Me lembro da mãe de Hugo lamentando o cavalo, um cavalo velho, mas que ela gostava. Nos entreolhávamos em silêncio, ouvindo suas lamentações, enquanto passávamos manteiga no pão. E sentíamos uma espécie de culpa, como se tivéssemos sido nós a abrir a cocheira, e convidado a fera a entrar, nos vangloriando do seu dente capturado, ainda incapazes de entender que o monstro propunha uma troca. Vimos o cavalo coberto na caçamba de um caminhão, dois homens fumando, enquanto ajeitavam a lona sobre o corpo do animal. Acompanhamos o conjunto ir embora, com aquela carcaça coberta, estranhamente avançando pela estrada, a caminhonete circundada pela natureza, um cavalo preso na teia da humanidade, que não se podia simplesmente largar para apodrecer no meio da mata. Pensei num sequestro, que raptavam o cavalo morto no meio da manhã ensolarada nos pastos. E a cara do animal, me olhava do escuro de sua antiga baia. E naqueles olhos escuros eu sabia que encontrava o monstro. Naquele morte, ele me assoprava. E imprimia aquela imagem de cavalo vivo, de cavalo morto, nos entroncamentos do que eu pensava. Eu recuava, andando em labirintos, tentando me afastar. Mas o rosto do cavalo estava dentro em mim, como a luz sob a qual minha vida se dava. Era o horror do monstro. Ele era um cavalo negro no escuro, galopando sem caminho e sem dimensão. Dentes inquietos, mastigando o cabresto incessantes.

Fomos à cocheira e investigamos a baia, as marcas nas tábuas. Hugo parecia resignado, enquanto pegava um punhado de feno e deixava escorrer pelas mãos. Perto do trinco, tudo era abocanhado, ranhuras e marcas de raiva. O cavalo tinha tentado fugir, talvez quisesse muito morrer lá fora. Talvez o monstro o tivesse chamado, do canto da mata, para que fosse morrer aos seus pés. E o cavalo tivesse se esforçado para atender ao chamado. Talvez o monstro tivesse entrado e aguardado encostado nas tábuas, indiferente, enquanto o cavalo desesperado tentava se afastar de sua horrenda figura, incapaz de escapar, naquele pequeno cubículo. O fato é que mais um dente estava caído no chão. Talvez fosse do cavalo: e talvez outros tivessem caído, no esforço de morder o aço, mas ali não tinha mais nada. Era visível um pouco de sangue no trinco. O monstro não tinha mentido, precisava do seu dente de volta. Talvez sua arcada fosse feita dos dentes dos outros, animais diversos, colhidos como flores de suas carcaças.

Chegamos na escola triunfantes, porque o monstro nunca tinha matado um cavalo, nas reuniões de ninguém. A hipótese da sua arcada de dentes alheios também causava grande comoção no pátio. E o colar de Hugo dava ao nosso grupo uma distinção clara. Hoje vejo como era fútil tudo aquilo, como nos perdíamos em delírios infantis, em contos de fadas. Como nos deixávamos entreter com o monstro, em momentos de grande expectativa, procurando os distúrbios com que distrair nossas combativas almas. Ninguém via mal algum em que perseguíssemos o monstro e o cultuássemos e falássemos alto sobre ele no pátio e que nos reuníssemos em torno dele esperando pela madrugada. Era nossa ingenuidade, a mesma que levaríamos para o resto da vida, que nos fazia passar horas e horas falando sobre a força dos seus dentes, a maldade da suas garras, e as possibilidades das nossas vidas. Hoje sei: como o bicho corre solto como o vento vivo, testando as restrições do que as pessoas aceitam, como sua existência sugere nossa luta para dar vazão às nossas próprias idiossincrasias e necessidades de sublimação. Somos, como disse, esses pássaros bonitos, mas ainda enjaulados. Cantando e cantando os cânticos da liberdade que ansiamos. Penso nas agruras do monstro preso, na biblioteca fortemente vigiada, no museu. E me assusta a beleza do que vivíamos, flertando com o monstro pelas madrugadas, enquanto logo voariam cassetetes e toques de recolher ao menor sinal de que admirávamos sua liberdade ou de que ainda o cultuávamos, ou de que ainda nos dedicávamos à inglória tarefa de decifrá-lo, como alguma parte do que nos pertence mas ainda nos falta. Sempre nos falta. Penso nas explosões de fumaça e a linha policial avançando sobre nós, com escudos em punho, empurrando a população nas ruas apertadas.

Enquanto caçavam o monstro percebemos logo que não era ele quem nos concentrava. Nunca foi ele que defendíamos, mas a memória de um mundo que construíamos a partir do nosso tabuleiro, cheio de possibilidades. O fato é que hoje, antes de falar do monstro, precisamos olhar para os lados. Garantir que estejamos a sós, entre amigos. Porque a simples menção à criatura, a menor especulação sobre seus contornos, a mera hipótese de que se move no tempo do mundo, de que respira no tempo da mata, basta. Precisamos garantir que ninguém vá levar nosso nome para quem os inclui numa lista, a lista daqueles que somem ou que têm suas lojas fechadas.

Ainda hoje me reservo tempo, na tranquilidade fugidia de casa, para pensar no monstro, nos mesmos termos com que sempre o fiz. Imagino o banho que ele tomava na floresta. E chego a pensar que se banhava nas águas de um lago, um plácido lago. E que tudo em sua floresta eram espelhos e pratarias. Que tudo cintilava, como só cintilam as noites em meus pensamentos. Imagino as estrelas que se refletiam na água e como o monstro se reconhecia entre elas, piscando seus olhos úmidos e cheios d'água. Ele passava os dedos na calma do lago. E as ondas pequenas que fazia tremiam o universo viscoso onde tudo é um caldo. O olho do monstro era um lago, num pensamento desses livres, que nos chegam no banho, quando nos distraímos na água. O olho do monstro era um lago, um pensamento sólido, suspenso no nada. Um lago olhando para mim, que me desnudaria, olhando minha natureza pelada e crua, que não conheço. Monstro, um incômodo espelho, que me faz seguir adiante. Penso na selvageria que guardo, um pouco de animal solto, passando o sabão com fluência, pronta a devorar o mundo. E também sobre a impossibilidade de me deixar alcançar, presa como tanto querem e buscam. Ouço o som da natureza, longe de mim, depois o atrito da realidade. Vejo o rejunte branco e sujo dos azulejos, em quadras que observo perto e longe, muito longe. Há uma corda vibrante e difícil de se concentrar, que mal ouço, por causa dos sons que gritam que não vá, que volte para debaixo da água.

No enterro de Hugo o caixão era uma mera formalidade, não havia nada ali a não ser o vazio que ele deixara. Foi um pedido de sua mãe, e nos revezamos no ritual sem sentido de jogar flores em cima daquela caixa vazia, que descia aos grotões mais escuros e próximos da eternidade. "O demônio mora numa floresta vazia", disse o padre. "Não devemos nos aproximar". A mãe de Hugo chorava ao seu lado e à toda volta podia se sentir uma indignação. Um menino tão jovem, procurando alguma coisa na mata, ainda sem saber o que procurava, ainda sem saber que o movimento muitas vezes nos ilude, de que muitas vezes nos mexemos parados. Já se podia adivinhar ali, quando o padre disse que deus saberia o que fazer com a memória de Hugo, reforçando de uma forma cifrada que aquela terra em volta, recheada de cadáveres, sempre pediria por mais, que esse monstro que nos espreitava, era perigoso, que nunca se saciava. Que precisava ser imediatamente calado, na humildade de se reconhecer que nunca deveríamos retornar à floresta, mesmo que tenha sido de lá que tenhamos saído. Que a humanidade é afastar-se dela, que a vida se leva em volta de casa, uma casa arrumada que demanda um cuidado simples, uma vida simples, nada mais.

Penso nas onças, nos dentes de felino cravados no couro do monstro, no seu respirar de fera em sangue, tomando ar, antes de ajeitar a bocada. Sei que o monstro se deixaria levar, é a lógica: que seu final de escolha pudesse ter sido se deitar ao alcance de uma fera menor. E que se deixe morder, na certeza compartilhada de que um dia tudo se põe a perder. Penso no monstro devorado e no tempo em que andava pela floresta, desviando dos galhos, enquanto toda a fauna se recolhia ao seu lugar, mesmo a onça, olhando dos cantos escondidos, escuros, o monstro passar. Penso no momento estranho e sublime, em que o monstro vê de perto aquela pintas borradas, que giram em engrenagens soltas enquanto a onça se dedica a morder, arrancar, devorar. Aquelas manchas, que podem ser muito bem o pensamento, antes da infância, vertendo-se em caldos da origem do mundo, se misturando no breu. Penso na falta de sangue, nessa estranha sensação de jarra que serve um copo de si à natureza, num brinde final. Penso nos padrões de uma onça que gira, gira. Há uma nova dimensão, escondida em sua pelugem parda.

O monstro sempre faz lua cheia, é como se a carregasse, como uma sombra de si lá no alto. Eu receio. Me entristece o destino dos homens, como se a lua pudesse tranquilamente desaparecer. Enquanto a humanidade se dedica a vidas e mortes mesquinhas e vulgares, incapazes de se entregar, como se não tivessem vivido uma única vez. Que nos escondemos, desviando da dor, sem notar que ela carrega a chance de sentirmos, finalmente, a liberdade, mesmo que dure pouco.

Me lembro sobre como corremos, saindo na mata e demos no descampado. Hugo arfava e olhava pra mim, que arfava olhando pra ele. Notei o vapor que saía das nossas bocas. O meu em baforadas grandes, que eu tentava controlar, dissipando em nuvens que se perdiam no ar. Meus vapores sumiam e sobravam as estrelas, revelando depois a grande torre de rádio. Notei que Hugo olhava pra ela. "É um torre de rádio", ele disse. E se adiantou, subindo pelas hastes que sustentavam cada patamar. Eu notava minhas nuvens de vapor acelerando de novo, mas Hugo chamava: "vem". E eu subia atrás dele, fechando os olhos no começo, enquanto minhas mãos avançavam nas vigas, depois abrindo muito, olhando os detalhes das mãos agarradas avançando, acesas na adrenalina da aventura e da confiança. Vi as luzes da cidade, bem longe, longe da mata, mas eram uma ideia distante quando cheguei no alto e me debrucei como uma bandeira, balançando para trás a partir dos meus dedos-hastes. Hugo gritou "foraaaaa! fora daqui!" – não sei a quem se dirigia. E o grito ecoou no silêncio maior da noite. Usando uma pedra, começou a golpear o transmissor, até que entortasse. Algum lugar, depois daquilo, tinha ficado em silêncio como nós. Interrompendo, quem sabe, um tedioso anúncio oficial.

Nos reunimos para relembrá-lo. Abrimos o mapa no chão da sala, o mapa velho, abandonado, de outros tempos, tão atuais. Depositamos sobre ele nossas relíquias de Hugo, o que cada um guardava. Coloquei com toda a solenidade um punhado de caroços de manga, que não eram nada do que Hugo tivesse me dado, mas eram como se fossem. Eles se juntavam a um relógio, uma pulseira, uma faca. E colocamos os dedos no copo. O copo que não se movia. Fechamos os olhos, a pedido de alguém e pensamos em Hugo. No pano aberto, as letras, os símbolos mortos, pareciam incapazes de dizer o que quer que fosse. Ninguém se atreveu a perguntar nada. As velas continuaram acesas. E passamos a noite conversando sobre como tudo era difícil, sobre como era possível embalar o que vivemos, enquadrar as imagens passadas, porque um novo tempo se anunciava, para todos nós. Assinalado pelo sumiço de Hugo. Pelos sinais de que a caça ao monstro, o nosso monstro, nos ameaçava. Quando já nos recostávamos ou perdíamos a nós mesmas em joelhos abraçados e cotovelos dormentes, alguém se levantou e ateou fogo. O mapa queimou, com as relíquias de Hugo sobre si. E eu olhava as chamas, pensando nas últimas notícias da caça ao monstro. E sabia que aquilo ia piorar.

Me lembro mais uma vez da história do copo de vidro, que reagia a uma pergunta e se arremessava contra um muro de pedras. E penso se era verdade. No papel de nosso dedos concentrados numa transcendência possível, talvez fabricada, no persistente mistério que insisto em levantar dentro de mim. Talvez prefira os monstros que crio, os monstros das madrugadas, da nossa floresta intacta, do que os homens que avançam resolutos, pelas calçadas, num mundo onde os monstros são eles mesmos. E seus iguais.

Quando Hugo sumiu poucos desconfiaram do monstro. O começo da procura foi pelas praças, parques e bares – e sua mãe me ligou, pra saber se estava comigo. Eu quase disse que sim, mas terminei afirmando que não estava. Alguém disse que o viu na direção da estrada que ladeava a mata, mas ninguém escutou, porque logo encontraram as pegadas, na franja da floresta, as marcas de bota no barro. E um revirado. "Foi o monstro", disseram. E a cidade se opôs imediatamente à floresta, como se fossem duas inimigas. Da delegacia central, começariam a planejar incursões, a partir de um quadro exposto na parede, o mesmo que traziam os jornais na primeira capa. O monstro era mais real do que nunca, iríamos encontrá-lo. Havia algo naquela floresta, como eu mesma me dizia, muito. Às vezes depois de soprar uma vela, às vezes no meu quarto na escuridão. E sempre que eu dizia um vento soprava. Como se o monstro evocasse esse vento frio, essa sensação de que o mundo é grande e vazio e que precisamos habitá-lo, preenchê-lo, como uma bexiga de ar. Como se fossemos nós os que o carregavam, esquentando um corpo frio nas mãos.

A primeira coisa que encontraram foi uma armadilha de urso. E olharam para ela com pena, eu sei, com o sentimento de que podiam ter evitado. Me lembro das esperanças infantis de Hugo, seus ares de escoteiro, de menino do mato. Eu imaginava o monstro circulando a emboscada, passando os dedos no dentes serrilhados, brincando com a possibilidade de se ver preso naquilo. Pode ter tomado como um insulto. "Desistam", parecia dizer, "a mim não se pode pegar". Imaginava as espingardas avançando em linha reta na mata, como viriam mesmo a avançar. "Sou um fantasma", o monstro dizia. Imagino o tiro de alguém, um estrondo. O rugido de um animal atingido, que o monstro ouvia, mas não se importava. Porque não são balas que vão impedi-lo, uma violência inoportuna como tantas outras. "As luzes do disparo são como borboletas mortais", o monstro dizia, "lindas borboletas", ou então eu mesma falava. O monstro repetiria o barulho, com sua boca de anfíbio-réptil, cheia de câmaras e cavidades, fazendo da novidade absurda um brinquedo seu. Um estalido da língua no céu da boca. Eu pensava nos guardas, em suas atribuições cegas de formigueiro, saindo das delegacias, avançando pela floresta. Variando a luz das lanternas como se lá do alto, onde talvez estivesse o monstro, parecesse que uma parte da floresta palpitava. Enquanto na verdade toda a selva escura palpita.

A imagem de Hugo me vem, abrindo a armadilha de urso com os pés, enquanto o monstro observava de um galho. Posso imaginar a fome que o bicho sentia – a obrigação que todo bicho sente, a existência das pequenas moscas, presas nos fios de seda. É preciso descer até lá. Porque um humano na floresta não é como um camundongo, que passa correndo na noite, procurando se esconder pelos cantos. Um humano na floresta é um diabo que se nota, agitado. Que se mexe contrário às folhas. Um humano na floresta é como um animal que já se debate, mesmo antes de preso, mesmo antes de a aranha chegar. Talvez o bicho veja assim, a gente andando numa coisa parada, como um ruído, uma distinta marca. Somos assim: essas coisas inquietas, que evoluem na paisagem como algo que deve coçar na pele da natureza. Penso em nossos ancestrais, escondidos nas grutas, ressentidos do mundo lá fora, do confuso mundo lá fora. Sinto que me debato e já não sinto, como se vibrar fosse meu estado natural. Me sinto febril, pressinto algo. Penso que a coruja não é o pior que pode acontecer, quando dá um bote num pequeno roedor que corre entre arbustos. Penso no momento em que a coruja não venha, nunca venha. E que o camundongo pare desprotegido no meio de suas corridas eternas, perdido totalmente de si mesmo. Falsamente a salvo. É assim que me sinto agora, quando sei que nunca vão me pegar.

Ficamos sabendo que a força policial se revezaria em avanços, esquadrinhando a floresta. Que não descansariam antes de recuperar o corpo, que era uma obrigação com a cidade e mais do que tudo, com sua mãe. Muitos apoiavam. Alguns dias depois do início, os guardas voltaram do turno com sacos pesados e expuseram cabeças de porcos do mato na escadaria da praça. Como se aquilo não fosse o monstro, mas fosse quase. Como se aquilo bastasse como prova irrefutável do avanço das tropas, no caminho de encontrar a besta acuada. Passamos a ver corriqueiramente as tropas organizadas, andando pela cidade. "Vamos desmistificá-la", dizia o general, chefe das buscas, um homenzinho de mandíbulas largas e grandes óculos escuros, que falava pouco, mas parecia fazer sempre sentido, por causa da tropa de oficiais que sempre o acompanhava.

Logo anunciou-se que um carro de polícia foi encontrado na beira da estrada, com os faróis acesos, iluminando até se perderem nos troncos escuros. A porta da viatura, diziam, estava aberta. A culpa era da floresta. O líder da ronda que passava por lá disse que pegou a espingarda e avançou duvidoso, variando a mira na mata. Disse francamente o que pensou a princípio, que o motorista tinha saído para urinar. Mas que se perguntou logo: por que não na beira da estrada? Disse que procurava, mas que ainda não acreditava no monstro, até aquele exato momento. Disse que andava com a lanterna – vejo os fachos de luz – quando viu algo que brilhava, escondido nas moitas. Que reparou logo que algo não ia bem, quando pisou numa mão, que viu largada ao lado da bota. Devia ter a arma nos ombros, pronto para atirar no que quer que fosse e talvez tenha afastado os galhos, usando o cano da arma. Viu a carcaça do policial. Disse ter se apoiado num tronco, para vomitar. Disse que o monstro não matava para comer, nem roubar, que era uma fera solta. Os jornais traziam a foto da poça de sangue de onde tinham removido o policial.

Vejo o bicho em volta da caneta, circulando o bulbo da esferográfica. Farejando os cantos de cada palavra, pensando em quão longe são capazes de ir, o quanto se aproximam da mata. Circulando cada frase com escuridão. Penso nesse diário, nestas recordações, no momento em que terminar, puser um ponto final, no fim da última página. Penso na capa desse caderno enegrecida e esquecida, fadada ao anonimato, cada vez que um futuro frequentador de sebos ou antiquários colocar esse livro nas mãos: "O bicho" ou talvez "A caça". Penso no bolor entre as páginas, nas folhas dobrando-se sobre si mesmas, como se o espírito do monstro, perambulando pelo além parasse ali uns instantes, para forçar seu polegar ausente sobre um trecho impreciso, seu indicador de unhas apodrecidas, argumentando que um livro como esse precisa embolorar, assim como ele, uma ideia antiga, seu irmão. Penso numa mão jovem, que tire essas páginas da gaveta de uma escrivaninha e folheie roçando os dedos, enquanto pensa que toda a beleza possível, para prosperar, precisa às vezes que algumas de nós, fadas celestiais, passem seus dias com um cigarro na boca, perdidas em seus devaneios, na luta contra um inimigo difuso de ameaças mal iluminadas. E rio quando penso que essa fada sou eu. E depois olho o silêncio de onde meu riso se foi.

Me lembro quando nos reunimos, porque fazia um ano que Hugo se fora. Já não tínhamos a mesma jovialidade, notei, enquanto nos servíamos de bebida e brindávamos aos pares, trocando olhares dedicados a sua memória. Me lembro de ter visto Madalena afastada, ao longe no gramado com um copo na mão. É à figura que volto, sempre que estamos em dificuldade. Para me lembrar que devo protegê-la, porque assim protejo a mim mesma. Porque posso ser essas mãos que acalentam um pássaro abatido, olhando suas asas machucadas, que não podem voar, atenuando o fato de que eu também já não posso. Me lembro como perto do fim, alguém se aproximou de um grande balão de gás hélio, parte da decoração que tinham preso aos pilares e soltou do barbante. E de como paramos todos para olhar o balão amarelo a subir, a subir, independente e solto bem alto, muito mais longe do que qualquer um de nós esperava, como se lá em cima, cada vez menor, inaugurasse uma imensidão impensada, entre as nuvens. Era já um ponto pequenino e difícil, quase impossível de discernir, mas ainda visível, entre os paredões cinza-brancos. Anoiteceu. E embora me apavorasse, de mão dadas com Madalena, contemplando a noite, com a ideia do balão voando sozinho e perdido, pensava que já ninguém se importava conosco, nem com balões de gás.

Numa das excursões que fazíamos à franja da floresta, encontramos um pássaro morto, e hoje vejo o prenúncio que senti ao tê-lo visto ali, embora não soubesse o que era. A natureza parecia querer assinalar alguma coisa. Como se fosse estranho, mesmo sendo a coisa mais natural, que uma parte da natureza tivesse ali se quebrado. Um pássaro que antes voava, largado no solo, não parecia grande coisa, era simplesmente um pedaço morto da natureza. Ainda assim, emanava algo, uma ruptura do engano. Porque abandonado entre os meus pés e os de Hugo, parecia guardar a morte, como um estranho baú. Um engano, porque não a guardava mais do que nós, vivos. E talvez guardasse menos, na medida em que se encontrava ali, entornada. O mundo continuava em volta, como se tudo fosse cheio de vida e ponto. E não como se tudo isso acontecesse sobre a morte, como as luzes acesas em um quarto escuro. Hugo se abaixou e esticou as asas do bicho. E as penas se abriram em engrenagens orgânicas, antes de voltar pro lugar. Pensei que era uma coisa estúpida, aquele pássaro voando alto, no dia de ontem, agora largado no chão. Olhei Hugo impassível, seu rosto. E ele me parecia o mesmo homem, que teria vivido há milhares de anos.

Nesse meu último suspiro, que encerra a primeira parte, penso num monstro idílico, como uma Cinderela. Nos outros bichos da floresta que vem lamber suas mãos, que circulam à sua volta, vêm vesti-lo de folhas, enquanto um música toca e que o monstro aceita tudo aquilo magnânimo, como uma diva, no momento em que canários estendem uma manta de flores sobre suas costas, no momento em que um gambá vem vestir seus pés com sandálias de galhos e que ele triunfa glorioso ao final, circundado pelos animais em pares de natureza. E em como o monstro nunca foi nada daquilo. Que era preciso esquecê-lo, porque algo maior se aproximava, ao som da floresta queimando, misturada à imagem do general na sacada.

PARTE 2
DESILUSÃO

Acharam uma camiseta na mata, rasgada e suja e terra. Era vermelha e pertencia a Hugo, diziam. E que estavam se aproximando. A floresta havia sido dividida em zonas, organizando a perseguição. A mãe de Hugo confirmava que ele tinha uma camiseta vermelha, que talvez tivesse mais de uma, mas não sabia dizer que roupa vestia, no último dia em que saiu de casa. O cinturão sul, que ladeia a cidade, estava esquadrinhado. Acharam a casa de um homem, que não se sabia que morava na mata, mas morava. Interrogaram-no, mas ele nada sabia dizer sobre o monstro, dizia que há muito morava ali, por aquelas bandas. E que seus maiores problemas eram os bandos de porcos selvagens, em grupos de mais de cinquenta, dizia. E que o obrigavam a voltar para casa, quando saia para procurar frutos, raízes e pequenas caças. Orientaram-no que voltasse à cidade, que aquilo não seria possível, que ateariam fogo na casa, porque não se podia viver na floresta. Que devia voltar à comunidade. Eu via os homens fardados, entrando no casebre de madeira, a porta rangendo depois da primeira pernada. As espingardas apontando para os aposentos vazios. E o tiro que deram num gato. Havia sido um acidente, diziam: mas que o gato, saltando de repente, para fora do breu, os havia assustado no ato. Numa foto, um deles segurava o gato morto pelas pernas. Em outra, o rosto do homem, velho, sua barba robusta e os olhos fundos, como se estivesse preso dentro do jornal, naquele cubículo em preto e branco. Penso na casa em chamas, no meio da mata, a madeira estalando, a fumaça subindo. E a noite estrelada.

Sonhei com um lago, um plácido lago. Sonhei que era um túnel, que dava para as profundezas. E eu afundava. Meus pequenos sonhos brilhavam como peixes e eu sabia que não seria encontrada pela humanidade. E meus sonhos devoravam uns aos outros, em formas e cores borradas, mas ainda vivas e fugidias de luz, até sobrar só o escuro, mais nada. Sonhei com a morada do monstro, estive nela e olhei para os lados. Tentei olhar minhas mãos, mas minhas mãos não estavam, procurei os olhos do monstro: os olhos verdes na escuridão, mas haviam desaparecido. Ventava, ventava muito. E eu sabia o que tinha que fazer, começar do zero, que eu era uma promessa, um grão. E que meu medo era fazer-me a partir do escuro, começar de uma ideia simples, mas pertinente: qualquer coisa que acendesse uma fresta, que me indicasse naquela coesão amorfa, a força de uma direção. Que eu sempre e mais uma vez encontraria. Acordei e Madalena estava ao meu lado, dormindo. Cutuquei seus quadris e vi seus olhos habitados, olhando pra mim. E tudo era luz, muita luz, tanto que olhei a janela como se algum milagre acontecesse lá fora. Como se minhas cobertas não fossem as mesmas com as quais tinha ido dormir, serenas.

No braço leste, encontram montes de pedra empilhados. As fotos documentavam um a um, torres em diferentes tamanhos e conformidades. Não afirmavam que era bruxaria, mas eram formações estranhas, feitas por quem? Descartavam a existência de outro ermitão por aquelas partes. Instalaram torres de vigilância nas árvores mais antigas, mais altas. Dali fariam turnos em que olhariam o remexer das copas no vento: se alguma árvore tremulava. E é provável, eu pensava, que disparassem contra a floresta vazia, para combater o tédio de uma noite solitária de espera.

Às vezes me esqueço – enquanto escrevo essas páginas – e preciso constantemente voltar a lembrar, que o monstro está sempre lá, ainda que não o reconheça, ainda que esteja dormente na memória da minha imaginação. Mas ele está lá e avança na minha vida paulatinamente. Que a floresta espera por mim, por meus passos, que me conclama. Enquanto escrevo, o monstro ainda está lá. Ainda está aqui, nesse instante. Como se no mesmo momento em que escrevo essas letras, em que escolho quaisquer palavras, formando as frases que lhe dão contornos imprecisos, que mesmo assim: ele ainda está lá. Porque nesse exato momento em que escrevo, no exato momento duvidoso em que sou lida, um tubarão continua a nadar no escuro, longe daqui, neste instante. Como o monstro a caminhar nesse momento e isso me conforta. Uma serpente espera, espera pela noite inteira, enquanto durmo, inalcançável. E o general dorme, sua cabeça reconfortada pelo travesseiro, sob um teto branco que olha arregalado – esses olhos são meus – indagando o homem violento que dorme.

Diziam que no meio da floresta interditada – na parte que chamavam corredor central – descobriram um vale, uma vala coberta por montes e montes de caveiras. Que se prolongava. E falavam sobre como a visão daquela clareira era algo novo, um novo terror que sublinhava a maldade do monstro, que não raro chamavam de besta, para sublinhar sua qualidade. Diziam que aquilo era onde ele morava e que já haviam começado os preparativos para atear fogo naquela tocaia. Me lembro como ainda pensava no monstro, olhando aquele fogo desolador no meio da mata, em como o fogo se espalhava. E era como se queimassem parte de si, uma queimadura no coração da floresta, acesa em brasa. Sabia que a cidade avançava: que a floresta viraria um simples e servil pasto, onde nenhum pensamento decolaria, apenas relva onde as vacas ruminariam, olhando pro chão comportadas.

Olhei meu reflexo e atrás do espelho vi os contornos do monstro fundindo com o meu, era a cara negra verde de um sapo. Eu penteava meus cabelos e o monstro imitava, a superfície variando com calma. Olhei seus olhos puros, sua cara de fera resignada. E sorri, olhando a boca do monstro se abrir e seus dentes pontudos e horrendos se aproximarem dos meus. Parecia a vergonha que carregava, sua marca de fera, sua identidade profunda de besta faminta e esfomeada. A quem um pingo de entregar-se a si bastasse, para perder-se num eterno transe-caçada. Quando me procuro, nunca me acho. Quando parto de mim, pareço procurar para sempre. Por isso é tão perigoso desviar o caminho, esse sinal de valentia que teimo em renovar. É sempre perigoso saltar no vazio, perder os contornos e inaugurar-me mais uma vez: viver, afinal. Pode ser que olhando para trás, olhando a rota que percorremos, em nossos jogos, em nossa cumplicidade, em nossas reuniões, um dia eu já não consiga voltar. É o que busco, sempre busquei, repactuar-me com o bicho indócil, que vive em mim: imaginativa, refeita, renomeada. E penso na mãe de Hugo, tocando a rotina da casa, até o filho sumir, como um caminho que some numa curva repentina e grave.

O homem que desalojaram agora vivia na praça, encostado no chafariz, mas não parecia se esforçar por mais nada. Quase não falava, nem pedia esmolas, embora nos organizássemos – eu e os outros – para alimentá-lo. E me lembro que falávamos com ele, tentávamos arrancar uma palavra que fosse, do presente, do futuro, do passado, mas o homem apenas olhava as águas, em seus circuitos eternos pelo chafariz, saindo da boca do querubins. Um dia esvaziaram a praça, porque não se podia passar o dia inteiro ali, sem fazer nada, enquanto a cidade inteira se mobilizava em busca do monstro. O homem apenas balbuciava, sem entender, de olhos arregalados enquanto o arrastavam pacificamente até a viatura. As pessoas continuavam pelas calçadas, entrando e saindo do comércio, eram poucos os curiosos e menos ainda, os indignados.

Mesmo com as buscas, as notícias, as fotos, o monstro continuava fugidio, como sempre fora, nada nem ninguém o encontrava. E embora ainda acreditássemos na sua existência, ela logo perecia para dar lugar a uma ideia, a ideia de que não gostávamos dos policiais avançando na mata, nem dos incêndios, nem do general – seus óculos e os homens que carregava atrás de si. Já não nos reuníamos para falar do monstro, mas dos efeitos de sua caçada. Do estado vigilante nas ruas, que crescia a passos largos. E eu olhava o rosto inseguro de Madalena, a que parecia menos combativa, mas que nem por isso menos incomodada.

Como se os outros tivessem nascido num mundo em que era natural aquele momento de embate, como se sempre o tivessem aguardado, enquanto Madalena ainda parecia lidar com o fato de que existiam pensamentos tão opostos ao seus e em marcha. E que enquanto não aceitasse isso, seria impossível combatê-los. Comecei, me lembro, a me apaixonar por ela, sentir que a necessitava.

Hoje não me dei conta e pensei no monstro enquanto tomava um banho quente. Foi assim, por acaso, como se fosse ele que me ensaboasse. Abri os olhos de uma vez. E olhei o vapor saindo pelo basculante, para o jardim lá fora. Achei que ia até ele, como uma essência de mim. E que suas narinas encravadas na cara aspirariam aquelas nuvens e suas pupilas se dilatariam, curiosas, com vontade de vir até mim. Abri mais a janela e o vapor que saia num fio começou a sair às lufadas e talvez tenha perdido o momento, a capacidade de atrair alguém. Ainda assim, a possibilidade de receber o monstro me acendia como a lembrança de outros tempo, que ainda resiste, ainda não terminou. Depois fechei a janela e me senti acuada, como ainda sou de tempos em tempos. Fiz uma fornada de legumes e comi pensando que casal seríamos, eu e Madalena, se vivêssemos na floresta como aquele homem. E quanto tempo demorariam a nos importunar.

A criatura atacou um pequeno rebanho. E o proprietário do gado protestou na praça, praguejando, dizendo que sua vida tinha acabado. Era um homem jovem, bem apresentado, e ninguém duvidava que estivesse falando a verdade. Entrou na delegacia e saiu cabisbaixo, dizendo que tanto fazia se pegassem o monstro, que só queria a volta das vacas.

Perguntamos sobre o ocorrido, se seria possível ajudar. Ele disse que as vacas tinham sumido, que tinha percorrido de cavalo os pastos e não havia sinal. Perguntamos do sangue, das vísceras, dos corpos ocos abandonados. Ele disse que uma vaca, sim, tinha morrido. E que seus restos tinham sido abandonados. Penso no monstro, no meio do gado, como um libertador. Um pastor que dotaria cada vaca de uma nova curiosidade. Não imagino que tenha se agarrado àquele sequestro por causa da fome. A polícia redobrou os esforços, resguardavam, afinal, a propriedade.

O general dizia que tudo ia bem, conforme o planejado, que não esperavam encontrar o monstro no cinturão sul, no braço leste ou no corredor central. Que era preciso continuar. Que o monstro era um bicho tinhoso, uma rival a altura, que não podia ser menosprezado. Se gabava de que nenhuma morte havia ocorrido desde que a repressão começara, salvo a longínqua morte do policial. Enquanto respondia aos repórteres, uma senhora, já velha, se levantou, era do conselho de cidadãos da cidade. Sua aparência pequena e seus cabelos grisalho emaranhados me davam a impressão de que uma planta havia se levantado. "O senhor é o monstro", ela disse. E foi retirada, enquanto continuava a falar. "Já vimos muitos como o senhor". Já perto da porta, se soltou dos guardas e disse "viva a floresta", mas foi abafada. E mesmo hoje, muito depois, me lembro da impressão que tive, ao vê-la pela primeira vez, das palavras que ela me legou, corajosamente, ainda sem entender completamente aquilo que ela dizia, como mesmo depois – com tudo o que passamos juntas – talvez nunca tenha entendido. Uma presença sem fim, que me fazia mexer, sair do lugar.

"O monstro sabe que que todas as florestas e monstros vão acabar, todo monstro deve saber, no fundo, que um dia isso vai acabar", alguém disse. Já há algum tempo não falávamos mais sobre o monstro, mas sobre sua caçada. As reuniões começaram a discutir menos as digressões e especulações sobre a criatura, e mais a ideia de nos colocar em prática, em ação. Falamos da velha, como para reconhecermos juntos, que não estávamos a sós, que haviam mais como nós, que o incômodo que sentíamos dentro, agora que o monstro era posto diante de nós, era o mesmo que nos reunira quando nos juntávamos a partir do reconhecimento de que havia algo naquela floresta. Havia algo naquela cidade, parecíamos nos dizer, mas ainda receosos, diante do perigo e a comoção geral. A mãe de Hugo dava sempre entrevistas, era sempre requisitada. Para dizer o que achava da casa que encontraram na mata, dos javalis que haviam sido capturados, do vale de caveiras, se acreditava que o monstro encontraria justiça, se havia, em cidades distantes, outras mães como ela, apartadas de filhos perdidos, que engrossavam o coro pela captura. Hugo sonhava ter o monstro nas mãos, um desejo juvenil incontido, como em muitos de nós, – algo que parecia destinado a enfraquecer com o tempo – mas essa calma nunca chegara. As ilusões são um molde impróprio, eu me ouvia pensar, pelos outros, um molde que precisávamos abandonar. Para sermos mais rochas-plenas, como agora estávamos destinadas, precisássemos ser. De pedra, eu pensava. E anunciava: "é contra a dureza que precisamos nos levantar." Me sentia a última dos moicanos.

Eu e Madalena fomos ver uma cartomante, numa cabana que ficava diante do recém incendiado cinturão sul. Antes de entrar, olhamos a mata queimada. "Vocês jovens são mais latentes do que imaginam, todas as chamas vão se aflorar", ela dizia, como se ainda visse o fogo ardendo lá fora. "Um dia vão voltar para o mundo", falava para nós, mas é como se falasse das árvores, dos tocos carbonizados espalhados pelo pasto. Depois tirou uma carta, como se já fosse tirá-la, mesmo que não estivéssemos ali. "Você tinha um amigo, mas agora ele se foi, está muito longe, já não pode te ouvir". Depois pediu que fôssemos embora, disse que o futuro não existia. Olhei pela última vez as árvores desaparecidas. E a estranha sensação de que o tempo estava parado: como algo que tem apenas um começo-fim. Como se o destino fosse o sopro de um mau presságio.

Naquela noite, tomamos um porre no quintal, Madalena e eu, e nos afastamos, cada uma em sua imensidão, isoladas cada uma em sua saleta torpe. A imagem do monstro veio até mim – dessa vez cheio de cores, como se fosse uma borboleta-lagarto. Devaneava apoiada num poste, olhando à distância o breu das árvores que ainda restavam. O espectro do monstro atravessou a rua calmamente, como se tivesse suas mãos no bolso e veio até mim. Até ele havia se apequenado. Fiquei parada, apoiada no poste, incapaz de me mover um palmo. Era como se um simples passo pudesse me afastar de tudo o que eu era, como se o monstro em ilusão viesse me convidar a uma existência mesquinha, autocentrada. De quem acha que é um deus e tudo pode realizar. A imagem passou por mim e seguiu em direção à cidade, passando ao lado de Madalena, que dançava para uma música que não existia. E aquilo me incomodou. Avancei até ela enquanto o monstro se perdia na pequena esquina distante, parecendo ir dormir cansado, num pequeno apartamento. Dancei com ela a música que não existia, senti meus músculos esquecidos do monstro, meu peito quente, tão meu, de olhos fechados. Pelas frestas do torpor, olhava Madalena em transe. E pensava na cartomante.

Foi a primeira vez que transamos. Havia uma gentileza nos gestos, como se ainda dançássemos, mas logo mesmo aquilo foi se perdendo, sob a volúpia a que nos entregávamos. Nossos movimentos eram afobados, ainda que bons. E eu me entregava. Meu quarto era um outro lugar, meus objetos de sempre surpresos com a nova Madalena, que tantas noites havia ficado pra passar a noite. Amanhecemos cúmplices, como se aquele encontro fosse um pacto renovado, de que nunca mais procuraríamos o monstro na floresta, mas dentro de nós mesmas. E que era isso o que precisávamos dizer para o grupo. Que o monstro não importava. Que precisamos de uns aos outros, para abrir e arejar o espaço rarefeito em que nos encontrávamos. "Viva a floresta", me ouvi pensar. Mas era mais do que isso. A floresta já estava perdida – grande parte de seus troncos estavam carbonizados para sempre – não era para lá que poderíamos voltar, mas além. Precisávamos seguir buscando. E cada companheiro encontrado seria como um companheiro petrificado, em resistência realista, de infância morta.

Abriram uma loja de apetrechos militares na rua central. Vendiam-se botas, roupas com camuflagem, facas de todos os tamanhos e punhais, iscas e armadilhas, lanternas, sinalizadores, fogareiros e tudo o mais. No coração da cidade, diante da praça, parecia sugerir que a caça ao monstro estava ao alcance de todos, que todos poderiam participar. Era como se dissesse que não havia nada como um cidadão honrado e voluntarioso. Discutimos isso no grupo e nos sentimos pouco, frágeis, como se fôssemos incapazes, distantes da resolução de entrar numa loja como aquela e que não haviam comércios com o que gostaríamos de ter em combate. Discutimos a necessidade de fazer cartazes, de que precisávamos ao menos falar. E alguém sugeriu a ideia de uma passeata. Éramos como os guardas assustados na floresta, reagindo ao mais simples sinal.

Olhava pela janela o mundo empobrecer lá fora, na caça incessante ao monstro. Caça que dia após dia nos fazia a todos mais e mais caçadores – lobos – presas e lobos. Nos sentíamos embrutecer e o recrudescimento de tudo ao redor. Víamos como o monstro se espalhava, sua sombra sobre a face das coisas, logo perseguidas também. Tudo parecia se aliar ou se opor, exigir uma filiação. Comportamentos suspeitos, inclinações percebidas, havia vigilância sobre todos os atos. Pensava se meus cabelos longos, meus hábitos e companhias me colocariam diante de interrogações e perigos, que cresciam, chegavam aos nossos ouvidos e nos alarmavam. A busca do bicho precipitava ambições que sempre estiverama aqui, me parecia. "Precisamos de cada vez mais cuidado", disse à Madalena, que contraiu o rosto de onde brotava uma lágrima.

De repente uma sirene policial ecoou entre as casas na madrugada, uma coisa breve. Mas logo tudo era diferente, havia um alarme em meu sono. Como se dormir fosse uma alienação. O silêncio, que antes descansava no ar do meu quarto, junto comigo, havia se assustado. Fui à janela, mas não ouvi mais nada. A calma da rua era ilusória: o general talvez estivesse acordado, acariciando o Dobermann que imagino dormisse com ele no quarto. Via televisão, as reportagens que traziam versões sobre algo que era ele quem controlava, as incursões na curva oeste, um dos últimos rincões da mata. Dormia de óculos, não sei porque dormia de óculos, era como se seus olhos já não pudessem ver, como se aquela boina e aquelas lentes e aquele bando de capangas por trás fossem necessários para que pudesse ser qualquer coisa, uma coisa firme e cheia de resolução que não falava por meias palavras, que dava a voz de comando à ação. Sei que seus chinelos eram de couro, posso vê-los, posso ouvir seus sons arrastando no assoalho, o som das correntes.

Ouvi uma batida na porta e abri, olhando o gramado respirar no meio da madrugada. Nada se movia, mas parecia se mover. Como se o ar estivesse cheio de água. O mundo é um aquário onírico, na melhor das hipóteses, pensava, quando se levanta de madrugada. Ou então não é nada. Ouvi a porta do vizinho que se fechava e cogitei se era ele, o que aquela invasão provocava. Senti medo, porque tudo estava perto de mim, de Madalena, do meu quarto. O que ele queria? O que ele poderia querer? O que sua careca cotidiana significava – junto com seus casacos pesados, suas galochas, seu jeito soturno, que agora gritavam? Tempos sombrios: de homens que habitam estranhas florestas, cidades, como lobisomens à espera do primeiro sinal de lua, do espaço que se abre ao primeiro uivo, da primeira garra que para de tamborilar o tampo da mesa, depois de anos, do primeiro canino que aparece, no canto da boca: da hora de mostrar finalmente os seus.

O general dava aos encontros do grupo tratamento de seita subversiva, proibida, em suas palavras transmitidas nas redes de rádio. E lançávamos-nos em festa temerosas, que entravam pelas madrugadas, contra o toque de recolher instituído. E em quartos-teatros acesos, onde a resistência acontecia, em rodas de conversa mais programáticas, onde dois ou três namorados escapavam da sala de estar. Pensando, todos em derrotá-lo, ao general, assim na gestação dessa noite, desse festejar, desse brinde, perturbando seu sono. Porque por mais que prosseguisse, não conseguia pegar o monstro, que seguia livre, incontido e vasto, no nosso ventre. Seguíamos livres, resistindo e nos recusando a tomar parte na caçada incômoda.

Na passeata, nos olhávamos como se estivéssemos diante de nossa maior realização. Os cartazes como estandartes no alto, no meio de todos. Havia muitos como nós, muitas palavras de ordem, da nossa ordem, que diziam muito mais do que o monstro, muito mais do que sua caçada. Avançávamos criando e aderindo às músicas que cada flanco criava. E chegamos à praça, à delegacia central. Um grupo içou um boneco do general e ateou fogo. E senti medo, como se fossemos iguais a eles, queimando a floresta que não conseguiam compreender. Os guardas começaram a reprimir e dispersar a manifestação, partindo do grupo que ateava fogo no general. Voaram golpes e cassetetes. Eu corri, procurando por Madalena, torcendo para que tivesse corrido também. No dia seguinte trouxeram a mãe de Hugo, que não compreendia a existência de uma passeata. Sua cabeça balançava em negação, sintetizando o que achava da ideia absurda de uma oposição ao encarceramento de um bicho assassino e insano. Eram a imagem do ultraje, sua cabeça sem entender, dizendo que não, que não. A mulher que tinha perdido seu filho, era contra isso a que nos levantávamos.

Vi a velha do conselho e seu cartaz, mas não sei o que dizia, hoje penso que levava apenas um quadro pintado da floresta. "Uma pessoa agredida perdeu um olho", disseram no encontro do grupo. E pensei no que aquilo empobrecia da nossa visão.

O general agora habita meus pensamentos. Diz "bu" cada vez que me arrisco, me diz sempre que menos, que tome cuidado, me aponta imperativo numa direção. Me pede para voltar para as fileiras, obediente, diz em ameaça que minha floresta logo vai acabar. Diz que saia agora, que abdique de avançar ou que sobrarei agarrada à última árvore, a última que fica sozinha, porque não percebeu ou fingiu não perceber que seus irmãos se foram. Disse isso à Madalena e chorei. "Estou aqui", ela disse. E foi como se essa fosse um ponte estendida, que me levaria a última ilha segura, náufraga de uma batalha sem vencedoes. Demorei a dormir, mas quando dormi, foi profundamente. E não sonhei, era como se os sonhos tivessem acabado. Quando acordei preparei o café e coloquei um pão para assar. Falei em morar com ela.

Quando meus pais foram embora para a capital, disseram que a cidade já não prestava. Mas eu não achava. Por isso conversamos e decidi continuar. A casa eles me deixavam, para continuar com os amigos, com meus estudos. Dona do lar, agora aquilo era meu: para lavar, cozinhar, estender as roupas no varal, andar nua, por entre os sofás e as plantas. Pensava em Madalena, em como faríamos daquilo nosso. Como uma território conhecido, mas pronto a ser descoberto, ressignificado. E de fato foi assim, por muitos dos dias e noites. Quando paramos de frequentar o grupo, cada uma de nós perdidas em suas duras batalhas pessoais, me reconfortei em saber que a minha seria com ela. E me lembro dos seus olhos, no dia em que parecemos de repente ter feito esse pacto, depois de jantar, deitadas na cama, olhando aquele mesmo teto: outro que antes. Porque agora o olhávamos nós duas. E por um segundo o monstro parecia não importar, o grande monstro. E mesmo as batalhas das ruas arrefeciam por um momento, como se fosse possível tolerar. Porque naquele céu branco, nas imperceptíveis ranhuras, tínhamos nosso próprio campo em aberto e poderíamos nos soltar, mesmo que por alguns instantes, duramente conquistados, depois de um dia inteiro encaixando dentro de nós o novo mundo hostil que se desenhava lá fora. Lutava, me lembro, para que nenhuma viatura passeasse sobre o meu teto, que profanasse meu campo branco com seus faróis e sirenes multicolor. Porque ali dentro, era nossa cidade. E meu travesseiro era a prefeitura, de onde eu comandava meus sonhos despertos, torcendo para que fossem como os de Madalena, torcendo para que fossem parecidos, torcendo para que fossem lindamente diferentes, mas conciliáveis. E que só se encontrassem de fato, em ramificadas conjecturas, no laço que fazíamos com as mãos, nos lençóis.

Olhava os fogos de artifício espocando sobre a cidade e a minha tristeza. Me obrigando a ver no alto das ruas os vermelhos, verdes, amarelos, brilhantes, explodindo em uma alegria que não era a minha. As explosões pareciam a maquiagem do universo em tempos loucos, o céu com a cara de um estranho palhaço. As cores borrando e escorrendo na umidade das nuvens, enquanto sopravam suas trombetas mudas, os novos tempos prometidos pelo general. Reunia a minha resistência, a resistência possível, a ideia de esperar quanto tempo fosse, por um distante e improvável retorno, mas que viria. O mundo continuava, o tempo seguiria, aquele mundo um dia ia se acabar. E me era dado viver esses tempos, que seriam esquecidos, como todos os outros. E isso que deveria me assustar, me reconfortava. O general era uma espinha e me consolavam meteoros que atravessavam a atmosfera terrestre, queimando, sem se fazer notar. Ele vai se perder na poesia do tempo e não sabe. Mas eu sei. Que o sol estava em absoluto silêncio naquele instante, embora essa ideia fosse uma coisa distante, na torta opulência triste daquela noite. Eu pelo menos, estava em silêncio com ele. Juntos, aguardariamos encapsulados. Haviam capturado o monstro.

PARTE 3
MEDO

Todo dia o sol penetra na minha caverna-quarto e a desdobra como um saco de pão, jogando as migalhas da fantasia para fora, uma poeira reluzente que levanta do chão e flutua nos fachos de luz iluminando a atmosfera vazia da realidade que me resta. Esse tesouro o monstro me deixou, me pegando pelas mãos e levando às minhas próprias cavernas, diante dos meus próprios deuses ancestrais. A figura cabisbaixa do monstro em sua cadeira me vem – mesmo que talvez estivesse deitado no fundo da jaula. Ou que o mantivessem numa espécie de canil, como um cão. Mas foi sua figura cabisbaixa e presa numa cadeira, que me sugeriu que talvez com sua captura eu estivesse mais desamparada e longe de mim. Preciso resgatar o monstro, preciso soltá-lo, ainda que a ninguém mais interesse que uma caverna possa se virar do avesso, cheia de migalhas de ilusão, que são o que penso, sim, são o que sou, perdida no ar da luz da manhã.

O comboio com o bicho atravessou a cidade, em viaturas e motos que seguiam o grande carro forte, a carroceria fechada onde guardavam o monstro. Avançava em direção ao museu, que também guardava outros presos, das passeatas. O grande prédio, na praça central, em frente à delegacia era uma joia da cidade. Guardava nosso passado de agricultura e reproduzia em salas a vida de cidadão marcantes, com suas canetas tinteiro, seus livros de despacho. E haviam quadros também, no segundo andar, onde estava preparada a cela do monstro. O museu tinha todas as luzes acesas naquela tarde, como se tivesse acordado para recebê-lo. E uma forte segurança armada. Parecia um formigueiro, com quadras de policiais em ronda, suas lanternas e viaturas estacionadas.

O general veio à público informar que o monstro tinha sido baleado, que seu sangue era verde, mas que não estava morto, nem corria perigo imediato. Havia um copo com o sangue do monstro, em cima da bancada, ao lado dos microfones. A equipe médica, continuou, prestava o melhor dos cuidados à fera, embora fosse sempre difícil se aproximar. Disse que sabia como muitos poderiam não entender, mas que este era um gesto importante, contra a barbárie. Que não teria sido correto enchê-lo de balas e largá-lo na floresta, para apodrecer à mercê das corujas, ratos, porcos selvagens, moscas. Ainda que os policiais e – acreditem – parte da população assim o desejassem. Que isso era mais uma prova das rédeas firmes em que mantinha a força policial, que alguns acusavam fora de controle, mirando alto os golpes de cassetete, gente que não entendia o protocolo e a nobreza das forças armadas. Que se defendia, sim, diante do perigo imediato. Um jornalista perguntou quando abririam as visitas, mas o general disse que por ora o sangue bastava. Que mesmo na cela, o monstro era perigoso. Que não se conheciam ainda, plenamente, suas armas. A coletiva foi logo encerrada. E eu roía meus dedos: tinha vontade de ir até o museu, rapidamente transformado em cárcere.

Cada vez que sento para escrever, me perco mais, me esvaindo em desvios longos, que depois apago. Não sei mais o que busco, nem o quanto este caderno de memórias me acalma. De todo modo, sei que já não percorro a mesma estrada que percorria quando comecei, que me embrenho cada vez mais fundo na mata, em incursões intranquilas, como se lembrar do passado fosse sempre importante, como se sempre me pusesse em guarda. Uma pedra de toque, a partir da qual me resgato, redobrando minha atenção. É deste lugar que rememoro e redescubro meu papel na marcha dos homens. Soltando meus bichos de suas masmorras, para que corram livres nos campos, apontando uma direção que menos é um caminho e mais uma postura de insubmissão. Cada vez, vejo, resisto com impassível mas determinada calma. Não me demovo um palmo.

Quando saía para repor a dispensa, passava pelo museu, que me atraía, me hipnotizava. Olhava o prédio como se guardasse o grande mistério que sim guardava. No segundo andar, perto de uma daquelas janelas acesas, o haviam aprisionado. Pensava nos guardas oferecendo-lhe um prato de sopa, um pedaço de pão, como se aquilo pudesse matar sua fome. E no reflexo enclausurado de seu rosto no prato, grandes olhos esperançosos, o desejo de correr em liberdade. Como gostaria de vê-lo, porque existia – e existe em mim – um desejo de finalmente amansá-lo. Ou de encontrar alguém que o tenha feito, alguém como a velha. Percebi desde a primeira vez em que a vi, levantando-se da cadeira e gritando, na coletiva, como se uma samambaia tivesse acordado. Me lembro do jeito que falava do monstro, do jeito que andava pela floresta, na minha frente, furando o cordão de isolamento.

Sabia que o monstro olhava as paredes para além das grades, talvez achasse algum conforto nos quadros em exibição. Talvez enxergasse algo neles, algo de si e me reconfortava saber que devia enxergar. Ainda assim, não descartava a possibilidade de que preso ali, naquele cubículo estático, pudesse ter se perdido, olhando aqueles planos vazios, o confinamento daquelas salas. Tudo branco. Não conseguia me afastar do pensamento de que talvez fosse aquilo que agora o bicho agora pensava. Como se sua imaginação tivesse acabado, longe da floresta, incapaz de se multiplicar em plantas e galhos e num reino seu. Que agora só o que via era aquele vazio iluminado, livre de manifestações. Porque as luzes do museu nunca se apagavam. E eu torcia para que uma janela escura lhe trouxesse uma vaga esperança, um vento da mata. Para que através delas pudesse sentir uma vibração leve, das preces que outros como eu lhe dedicavam, quando depositavam as flores que vi espalhadas ao longo da grade. Um cartaz dizia "Libertem o monstro". O outro dizia "Deixem a floresta em paz".

Um homem rasgava sistematicamente os pôsteres, me lembro, com uma espécie de raiva silenciosa. E chutava as flores. O fazia com ânsia, como se lutasse contra um cronômetro, mas não havia ninguém na rua vazia, a não ser eu e os guardas. Tive vontade de abraçá-lo, de falar com ele, depois de matá-lo. Esse animal matou um menino, creio ter lhe ouvido gritar. Esse animal. Vi enquanto estrebuchava, depois que os policiais deixaram sua letargia para imobilizá-lo no chão. E vi como lutava para se levantar, todo preso, apenas com a bochecha descolando do chão. Pedi calma, dentro de mim, mas não disse nada. Tinha medo de que me vissem e me desmascarassem em seus momentos de raiva, esquecendo um instante dos freios que impediam que partissem também para cima de mim.

Certa noite a velha ia na minha frente, andando resoluta nas franjas da mata. Não havia perigo, o monstro estava acabado. Mas se nos vissem, seríamos levadas a depor sobre o que fazíamos tarde da noite na floresta restrita. Ela não parava nem por um segundo para procurar ou pensar no caminho, mas apenas andava, determinada a encontrar as ervas que parecia já saber onde procurar. Colhia os ramos e colocava na bolsa, dizendo "venha, venha", quando me via apalermada um pouco para trás. Me lembro que esperava que ela me mostrasse um caminho, me confidenciasse alguma coisa no meio daquele escuro, iluminado pelos faróis distantes do carro. Que pudesse parar por um segundo de colher os ramos, que pudesse se levantar e dizer algo como: "não posso te apontar um caminho, menina. Ninguém pode". Ou então: "só existe um caminho, mas cada um tem seu par de botas". Ou então: "vai colhendo menina, vai colhendo". Mas a velha não dizia nada, dizia apenas "vem cá, vem cá". Ou então falava coisas desconexas, pelo menos pra mim, relacionando as ervas e o que pretendia fazer no quintal. Vi um pássaro noturno coçando as plumas com o bico na penumbra de um galho. E encontrar aquela coisa, no meio daquele escuro, foi como uma revelação para mim, algo que precisava de significado. O pássaro coçava a penugem, como uma estranha máquina. Viver é um traço comum, o incomum é estar acordadada. Chamei a velha e perguntei se já tinha encontrado o monstro. "Não, filha, nunca encontrei. Mas já o vi muitas vezes, inúmeras."

No grupo discutiam a próxima passeata. Alguém disse que precisávamos duplicar os cartazes. E que as palavras de ordem agora eram pela soltura do monstro. Pela primeira vez me dei conta de que meus sonhos eram ainda infantis. E pensei se precisaria sim de uma arma, quando olhei meus companheiros em volta. Ensaiavam como entrelaçar os braços, quando a polícia chegasse. E o ângulo certo de proteger a cabeça, para avançar contra os escudos e pancadas. Falava-se em usar bandanas contra o gás de pimenta, antídotos em solução de vinagre. Quase gritei quando um deles falou em democracia, não sei um grito de quê, desespero. Precisava de ar e sai pra tomar lá fora: recebia o vento frio olhando a cidade em perfeita calma. A verdadeira falsa-calma de sempre.

Anunciaram à luz dos últimos acontecimentos, que não seriam mais toleradas manifestações em favor da soltura do monstro. Isso no período de exceção oficial, declarado por noventa dias. Nas reuniões do grupo, passávamos a maior parte do tempo calados. E um a um meus amigos foram envelhecendo e sumindo, e assustados, perdemos mobilização. Não fazia mais sentido nada daquilo, procurar o monstro juntos, soltá-lo em comunidade. Essa batalha estava perdida, o monstro da nossa infância tinha sido abatido e encarcerado. E por mais que me doesse, precisava encerrar tudo aquilo, numa balatalha que recrudescia, agora para dentro de mim. Eram tempos clandestinos. Quando não ia ver a velha, passava a maior parte do tempo no quarto.

Comecei a recortar, ainda por hábito, as revistas e jornais, traçando minhas próprias linhas em volta do monstro. Vi um artigo que me chamou a atenção: dizia que precisávamos lidar com o tema de forma contundente, e pela última vez, enterrar aquele passado. Que era um momento de união definitiva para a comunidade. E que o museu seria um símbolo de tudo aquilo, que manteríamos exposta sua jaula vazia, que não podíamos deixar para amanhã, que a morte do bicho devia ser imediata. Que qualquer manutenção do impasse traria problemas maiores para o amanhã, porque ainda haviam aqueles, perigosos, que mantinham-se energizados. Recortei essa palavra e colei na parede. E segui recortando por dias a fios, colando manchetes, fotos e infográficos. Madalena me observava do sofá. Quando terminei essa cartografia, arranquei tudo da parede e guardei no armário. Minha busca pelo monstro tinha terminado: precisava ver a velha, o resto tinha acabado.

A polícia fez um grande desfile, no aniversário da cidade. A população acompanhava das calçadas, aplaudindo, bebendo, pensando em nada, eu achava, apenas se deixando inundar pelas imagens que passavam, as viaturas, a banda policial, o carro-forte, que parou dramaticamente na praça, para que um monstro fantasiado pudesse sair e brincar com as pessoas na calçada. Um ambulante vendia bonecos do monstro, feitos de espuma para as crianças. E eu olhava tudo aquilo com desilusão, como se fossem o pico do monte que eu havia escalado, essa diluição total. Via as crianças arrastando os bonecos de monstro no chão e pensava em como ele agora era aquilo, que estava duplamente acabado. No fim da passeata, soltaram mais fogos do teto do museu. E eu imaginava o monstro encolhido na jaula, porque para mim, agora era claro, muito claro, que o monstro se assustava com barulhos como esses, com gritos raivosos e com cassetetes de policiais, explosões, foguetórios.

Naquela noite, a luz do meu apartamento piscou, quase insuficiente para apagar por um segundo minha realidade. Pensei na luz em toda sua artificialidade, de como não a notamos ali, mas de como está. De como nos esquecemos do escuro, porque mantemos os olhos sempre abertos, os abajures ligados. Tive a estranha sensação de que tinha morrido, naquele soluço elétrico, que a queda de luz tinha me levado. Depois fui à cozinha, sentindo-me fantasmagórica e olhei com horror as facas. Fui à janela e tive a estranha sensação de que o monstro tinha sido eletrocutado. Quando voltei, apaguei as luzes, livrei todos os plugues das tomadas da casa, porque não queria fazer parte daquilo. Como se meus eletrônicos dessem força às descargas no monstro enjaulado. Quando percebi que isso não fazia sentido, liguei todas as luzes de volta, e andei pelos quartos, me lembrando das festas na casa do meu avô, quando nos perdíamos crianças em aposentos íntimos e tudo parecia tão diferente, intocado, enquanto todo mundo se divertia na sala. E aqueles quartos eram ambientes diferentes, naufrágios. Ouvi um rojão e temi pelo pior. Passei a noite acordada.

Na madrugada um grito numa rua distante ecoou no meu quarto. Minha casa estava presa nessa cidade, pensei. E os berros, as sirenes vinham em ondas e marés, batendo contras as pedras na minha parede e eu era uma concha que queriam levar. Pensei nas conchas que a velha tinha na estante da sala, as centenas de conchas, largadas ali como se a maré as tivesse deixado. Eram seu tesouro, isso ficava claro. Suas mãos haviam se abaixado para recolhê-las centenas, milhares de vezes, para cuidá-las: como se o mar forjasse as conchas, suas flores: e as expulsassem quando estivessem prontas, prontas para desabrochar. A velha passava as mãos pelas conchas e pareciam muito mais que dinheiro, algo a que não se podia trocar.

Fico pensando nas formas de gritar nessas páginas, em como fazer com que meu grito ecoe ondulando em cada palavra, ou que haja um grito atrás delas, como se elas pairasse no alto de um vale – entre as montanhas – de onde enuncio minha existência em frases que se perdem pelo vale e que terminam como um reconhecimento a mim mesma. Posso gritar numa linha, mas não creio que isso seja suficiente, não creio que isso me baste. Não é esse o grito que procuro, de desafogo, de desabafo: esse transbordar pontual que nada resolve, ridículo no silêncio que virá depois. Procuro, vejo, um grito que não existe, que não pode existir. Um grito que projeto contra o futuro que ainda não veio e que por isso está sempre a frente, a lutar contra fantasmas que ainda não são. Vivo a eminência desse grito, vivo seu rastro. Me sinto perdida em seu eco, olhando a realidade avançar em sua direção. Quero que essas páginas sejam um olho aberto: que me encarem.

Olhava Madalena nesses tempos duros... e sei que ficava triste com as linhas que se desdobravam lá fora. É como se as viaturas estivessem sempre a passar. Via o jipe do general, o jipe do general parado, numa garagem escura. Ele estava de pé, segurando as hastes da estrutura do carro. Via a imagem do homem cruzando as ruas, saudado pela maioria da população. A parada policial, que a história me obrigava a ser parte, mesmo fechada no quarto. E de como apenas Madalena era a pele mansa nesses tempos duros. Pensava em dedicar minha vida à luta contra o general. Mas não sabia, sozinha, por onde começar.

A velha, descobri, era paisagista, mas não trabalhava, cuidava apenas do jardim de casa. Falava que o jardim era inspirado no monstro, seu monstro pessoal, feito casa. Me lembro da primeira visita, quando insisti que Madalena fosse ao meu lado. Quando chegamos, a senhora abriu o grande portão de ferro e nos abraçou, disse para nos sentirmos em casa. Subimos a escada e mal vi a construção, invadida por aquele tanto de mato. As árvores se misturavam ao telhado, as moitas e arbustos invadiam a casa, escondendo as janelas. E as trepadeiras, cipós e orquídeas estavam por todo lado. Avançamos na trilha do quintal, desviando dos galhos até chegar na clareira onde mantinha um banco, sob árvores altas. Dali era possível ver o céu, com mais claridade. A sensação ali dentro era de que estávamos dentro de um vaso. Tive a estranha sensação de que a floresta havia entrado na casa e que a velha dormia numa selva murada. Eu imagino minha cara espantada. Porque a velha me disse logo: "essa é a luta da minha vida, filha. Cuido dessas plantas como se fossem o espelho de tudo o que eu acho". Tomamos chá, enquanto a velha falava sobre o monstro, nos seus termos, misturando de forma pouco compreensível a fera e a história da nossa cidade.

Quando eu via o general nos seus discursos de rei, no púlpito que haviam montado diante do museu, ele me parecia uma ave empoleirada. Que precisava daquele óculos, daqueles adornos, daquela fala compassada. E um dia, me lembro, que tive sua vida nas mãos: sua vida em uma sala escura, sua figura de quepe, enquanto eu tinha uma arma nas mãos. Eu meditava tranquila e me sentia à vontade com esse poder, mas não disparava, tampouco pensava em chorar. Quando estava prestes a atirar, soltei-o de volta à realidade de onde o havia tirado, a tela da TV no palanque em que estava, anunciando as últimas novas sobre o monstro encarcerado, sobre o sono tranquilo da população, dos homens justos que sempre são os outros, nunca nós.

I am one of the fragile ones, a frase me veio assim, em inglês. Acho que penso demais e isso tem influência, meu olhar é sensível como uma mariposa, nunca sei ao certo onde pousá-lo. Cada gota faz termular meu lago. Se pudesse apagar as luzes do museu, apenas apagar as luzes, para que o bicho esqueça por um instante das grades. Para que possa diferenciar dias e noites. E para que isto seja o tesouro que o fortifica. Como se mesmo assim, vigiado, pudesse guardar um segredo dentro de si, a capacidade de ultrapassar a luz daqueles bulbos e holofotes, para se perder, respirando novamente entre os astros.

Quando entrei no jardim a velha andava agitada, varrendo as folhas que caíam das árvores. Notei que ventava, quando olhei para o alto e vi as copas balançando, em pequenos arbustos antes do céu. Por um tempo, me perdi naquelas pequenas frestas, nos espaços que as folhas deixavam, casualmente deixavam. Quando a velha estava assim, nesses dias, a conversa nunca vingava. Perguntei se tinha passado bem, nesses últimos dias. "Que dias?", ela respondeu. E com um golpe, desfez o monte de folhas que tinha juntado. Notei que a velha não varria coisa nenhuma, que só espalhava as folhas, pra lá e pra cá. Notei que eram um estranho oráculo, que a velha mexia e remexia aquela matéria como um bruxa passa os dedos finos sobre uma bola de cristal. As folhas davam volteios e a velha mudava de ares. Acelerava ou se demorava um pouco, como se quisesse registrar uma frase, algo dito pelas plantas, antes de procurar novas chaves. Perguntei o que as plantas diziam, mas a velha não pareceu escutar. "As plantas não falam", ouvi dentro de mim, mas não sei quem falava. E olhei a velha continuar com aquilo, por boa parte da tarde. Quando sentou-se ao meu lado, observamos o resto do crepúsculo pousado naquelas revoluções pequenas, largadas no chão. "Tem um nó na cara desse homem", ouvi dentro de mim e o homem era o general. Depois me perdi montando blocos de pensamentos incongruentes, como a velha varrendo, especulando com a ideia de que a cara do general se afundava em si mesma. Que sua cara se amassava, constrita, pelo constrangimento de sua vitória.

Andando pelas ruas tudo parecia igual, aquela rotina de cidade pacata, fora do alcance da história. Mas bastava um olhar rápido, as nuvens, bastava um olhar rápido, as casas, que tudo parecia desabar. E era aí então que a normalidade ganhava ares de loucura, porque era diante daquele céu que as pessoas andavam, carregando suas sacolas e pastas, era diante daqueles pequenos prédios que andavam. Era diante do monstro preso, que andavam. Reunia minhas forças apertando contra o peito as flores que eu levava pra velha, queria vê-la, dizer-lhe que não era nada disso, que tudo ia mudar e passava, que ainda podíamos nos ver uma a outra, no meio daquelas árvores, e que por ora isso devia bastar, precisava. Diria para colocar as orquídeas no tronco das suas acácias e que pensasse naquilo como um colar que punha na natureza, no seu jardim: que era a condecoração oposta às que recebiam os generais, com broches e bandeiras em suas fardas. Aquilo era o oposto. E que depois, olhasse as árvores da sua cadeira de balanço, seu exército em paz. E daí que os muros do seu mundo eram pequenos? E que do lado de fora ficassem as ruas, essas mesmas ruas em que agora ando. Essas mesmas ruas por onde escorro, como uma gota apressada, tentando chegar na casa da velha com suas flores, antes de secar. Que me peguem.

Penso no tanto que maltratam o monstro, no tanto que o batem. Que leva uma rotina de agruras e que paga o preço por todos nós, feito exemplo. Quando o matarem, o enforcarão na floresta, eu sei. Posso vê-lo, seu corpo encapuzado pendurado num galho, sufocando até relaxar, inerte. Sua morte seria um símbolo, ou não valeria de nada. Seria a primeira e única aparição, seu corpo petrificado para sempre na capa de cada jornal.

Acordei no meio da noite com sede. A porta de casa havia ficado aberta. E o vento entrava. E era soturno, porque quando entra uma brisa leve, incorpórea e sem intenção, dá medo. Um calafrio, que fazia imaginar que alguém poderia ter entrado, um homem de más intenções, que havia se escondido em cada canto vazio que eu averiguava. Acendi as luzes, mas eram intoleráveis, como se eu tentasse forçar uma parte do dia a se impor ali dentro. Como se a clareza fosse a normalidade a que eu devia voltar, sempre que o escuro parecesse demais. Fechei a porta e voltei para a cama, vi o corpo de Madalena estirado nos lençóis, como se ele me dissesse o que fazer, me ensinasse. Me aproximei do seu corpo, como se sono fosse um calmo contágio.

O monstro passava o dia parado, os jornais diziam. Não comia, nem definhava, como se regredisse para um estágio de casulo, letargia e hibernação. Eu podia imaginar seus olhos fechados como uma semente espera na terra sua hora chegar. Ele era o coração do meu mundo, que palpitava sempre, resoluto, ainda que baixo. Desliguei a TV e acendi uma vela, a chama presa como o monstro dormindo. O museu está preso no monstro, pensei, o general está preso no monstro. Há um tijolo largado na grama. Torci de repente para que o monstro saísse de seu torpor e retivesse um guarda sufocado, pressionado contra grade. Quis que sussurrasse algo em seu ouvido, algo que o fizesse enlouquecer. E que depois voltasse ao interior da jaula e adormecesse, descansando enquanto o guarda sorria e avança trôpego por entre os quadros. Vinte e cinco de agosto, estava marcado, era o dia em que iriam matá-lo.

Procurei ar pelas ruas, procurei aceitar a realidade, olhar com firmeza o museu, a cova, enquanto caminhava. Meus olhos encontraram a cavalaria, o destacamento montado que fazia a vigilância da praça. Um dos soldados sorria e a violência se realizou para mim, em toda sua naturalidade: o homem montado naquele animal. Os metais na boca do bicho, os freios, os dentes incomodados. O rosto daquele homem-símio, um macaco agressivo que montava sem escrúpulos no lombo da montaria. Olhei aquele homem como meu ancestral. Era um pena, meu ancestral, montado ali no lombo do cavalo aguardando o sinal de avançar, com violência, a violência que aprendeu e que não o largava.

Penso que luto para encontrar uma maravilha, "continue colhendo", a velha dizia. A maravilha que sente quem atravessa um vale de ideias e para, a maravilha de quem desiste de fazer pequenas maquetes e encara a ideia de ficar, apenas ficar, dos que ficam. Ficar na realidade que dura, que nunca muda, nem quando se sonha como Hugo. Penso que luto para encontrar uma maravilha, "continue colhendo", a velha dizia. A maravilha que sente quem ainda existe, contra toda perseguição, ainda existe. Hoje vejo que a realidade muda devagar, alheia aos meus desígnios mais imediatos. Sonho com Hugo, sonho em fugir, mudar de ares. Mas fico e me reconcilio com esses ventos que me rodeiam, com a velha convocando pequenas reuniões secretas, para que entoemos juntos, alguns cânticos tristes que dão crônicas para estes tempos. Procuro reconhecer quem, como eu, ainda procura, me espelhando na velha, como se ela já tivesse encontrado. Me desanima achar não ter visto uma pessoa inteira, apenas suas facetas e partes. Vejo a beleza em luta, belezas circunspectas, mas por vezes, também abertas e despreocupadas. O anseio compartilhado penetra meu corpo calmo, como a receber marés. Amava Madalena, seu jeito bondoso e fácil, atento ao pequeno espaço em que estava, vestida do tempo, como se ele não fosse mais do que um xale.

Acordei no meio da noite, o teto branco um desdobramento da confusão que até há pouco eu sonhava. Era a terra ou areia de um campo de batalha, sem batalha nenhuma, meu quarto. Meus lençóis estavam engasgados comigo, embora engolissem Madalena sem sobressalto. Queria respirar a noite lá fora, mas a cidade estava posta em cima dela. Queria que o ar puro de longe chegasse. O monstro era isso, um jeito de respirar. Uma tomada de consciência, mesmo que às vezes eu também engasgasse. O ar passava contínuo, nas guelras do monstros, como se a natureza ventasse e atravesasse por dentro dele. Encostei os pés em Madalena e abracei seu corpo de tábua macia, boiando na noite que me incomodava. Madalena respirava e dormia: o sono mandatório dos deuses, o sono da primeira criatura, o sono antes da primeira criatura, desacordada. Quis que despertasse e que passássemos a noite juntas – mas continuei atracada àquele corpo dormindo, navegando, incapaz de entender o curto circuito da madrugada.

Fui à casa da velha e sentamos no chão como ela fazia e conversamos enquanto dedilhávamos as folhas na terra, como crianças. Ela sugeriu que eu dava muita importância ao general, que já havia se esquecido dele, que em suas plantas ele não entrava. E que tampouco elas o conheciam, que ele estava acabado. "Destrua sua televisão", ela dizia. E foi o que fiz. E pareceu que uma parte do mundo havia desligado, que a sala havia ficado mais vazia, mais minha, entre as quatro paredes. E que eu teria que encontrar uma nova realidade para pôr sobre aquilo, uma realidade que não parecia ao alcance da minha simples sala. Ainda assim, era um jogo que se afigurava. Comecei a procurar pelos cantos da minha vida, as coisas com que habitar esse meu novo espaço. Quando tirei a TV da tomada, foi como se desligasse os aparelhos do general, a máquina com que respirava. Porque a TV me abria as portas do mundo, mas um mundo que eu não encontrava a não ser ali, quando ela estava ligada. Assim conseguia, percebo, esquecê-lo, numa alienação moderada.

É meio estranho estar no meio do nada e mesmo assim ser o centro de tudo. É muito estranho ser o centro do nada. Andar nessa terra fina, diante das árvores mudas. Mas ainda assim, ainda assim, basta acariciar uma folha, encostar num tronco enrugado. Pensei em encher minha casa de plantas, de vê-las crescer, de regá-las. Seria a velha, duplicada, a pequena velha. Mas tinha apenas uma samambaia e uns poucos vasos a mais. E me pareceu que aquilo bastava. E que ainda assim a samambaia parecia perdida, enclausurada no cesto, que tentava escapar. Me pareceu digno levantá-la e por na mala do carro, avançar pela estrada e furar o cordão, para colocá-la aos pés de uma árvore. As plantas sempre saberiam voltar à natureza. E talvez fosse isso o que eu precisava decifrar, o quanto deveria avançar, o quanto era preciso voltar.

Vi um carro de polícia vazio na rua de casa e desassosseguei. Olhei para os lados e não havia ninguém – ninguém prestando atenção. Nem sinal dos policiais, deviam estar dentro da mercearia, tomando um café. Nas minhas mãos olhei as chaves de casa, brilhando na luz que pulsava com a ideia que eu tinha, como se dissessem sim, numa sugestão. Segurei firme na ponta dos dedos e cravei na lataria do carro, enquanto avançava como se nada. Arrastava aquilo bem firme, avançando pela lateral das portas. No final assinei: "O bicho". O nome do meu caderno de recordações.

Como se minhas páginas ganhassem movimento, uma vida na realidade. Depois voltei, pus a chave no chaveiro e acordei Madalena, para o dia que se iniciava, cheia de ímpeto e energizada.

A campainha tocou e nos olhamos, eu e Madalena, como a ver qual de nós levantava. Fui até o olho mágico, mas não havia ninguém. Abri a porta mas a rua estava desocupada. Olhei para o chão, mas não havia nada. Alguém estava atrás de nós, eu pensava. E disse isso á Madalena. Trancamos as janelas e discutimos o que poderíamos fazer em defesa própria. Ela sugeriu que chamássemos a policia e foi o que fizemos. A viatura chegou e tomou nota, despreocupada. Perguntaram se tínhamos feito algo a alguém e eu pensei nas chaves arranhando o carro. Depois disseram que eram tempos difíceis, que deveríamos manter as janelas fechadas.

Encontramos o grupo num bar, para saber das novas. Cada um se virava do jeito que dava. E as bebidas traziam refúgio para que nosso encontro continuasse. Fizemos piadas, nos abraçamos, fingimos que nada daquilo importava. Estávamos todos vivos e isso bastava. Um passarinho voou sobre as nossas cabeças, mas era uma folha, que desprendeu do seu galho, uma folha seca, que veio pousar no meu ombro, até que Madalena a espanasse de mim, enquanto falava sobre o fim do toque de recolher. Procurei ou encontrei por acaso a folha, agora descansando no chão, como meus sonhos, enquanto Madalena falava. O céu afirmava de uma vez por todas que era lilás; aberto em toda a parte numa cúpula imensa, afirmando-se atmosfera naquele fim de tarde. Eu me perdia no alívio da eternidade.

Pensei no monstro parado na minha cozinha, se perguntando porque minha covardia me deixava em casa, enquanto ele se mantinha preso e ameaçado. Depois o vi sentado no sofá, junto comigo, como se tivesse o tempo que fosse para me aguardar, enfim, levantar. O monstro tomava seu banho morno, depois se secava e olhava o espelho, seguindo nas ações do cotidiano, diluindo-se mas também mantendo sua latência em calma. Pensei que minha vida era ridícula e que nada daquilo dizia coisa nenhuma. Notei as plantas que eu tinha. Notei que minha samambaia, ainda por cima morria, seca nas pontas. Talvez esperar, sem energia, seja o mesmo que definhar, eu pensava. A planta parecia se afogar, debruçando os braços pra fora das bordas, tentando se manter à tona, descer pelas prateleiras. O que eu tinha, percebi, era um manicômio de plantas, nenhum delas parecia bem. Pedi ajuda a Madalena: perguntei se queria alguma coisa daquilo. O resto eu ia colocar na beira da mata, coisa que nunca fiz.

Estava no quarto quase dormindo e a janela começou a balançar, como se algo ou alguém a forçasse pelo lado de fora. Fiquei apavorada e tateei a escrivaninha para encontrar meus óculos. Depois puxei os cobertores, antes de levantar. Tinha uma faca grande na cozinha e com ela passei a me sentir mais segura, andando pela casa como se aquele aço fosse um ferrão que eu levava na ponta das mãos. Uma abelha pronta pra morrer e matar. Me encostei na porta e o barulho continuava lá fora. Creio ter sentido algo raspando na porta, pelo outro lado, talvez numa sondagem leve, para entender a resistência que ela oporia a uma pernada. Imaginei a porta estourando, me jogando no tapete, a faca deslizando ao longe pelo taco. Me virei num ato e abri a porta, vi a varanda vazia, o gramado que dava para rua, as cercas e o vento nas árvores. Apontava a faca contra tudo aquilo. Da esquina ao longe, me apontaram uma lanterna. Gritaram "fora daqui, vocês duas".

Fui até casa da velha, porque precisava. Soube disso no primeiro segundo da minha manhã, ainda na cama. Bati na porta com a mão firme, bati, bati. Sabia como as batidas ecoavam do outro lado, um surdo entre as árvores. Meu coração palpitava. Sabia que a velha estava a caminho e que andava devagar, mas por que não chegava? Olhei as ranhuras na porta, olhei as linguetas de metal e os umbrais de pedra: não me atrevi, nem por um segundo a me virar para as ruas: que me vissem, que vissem que eu ia à casa da velha, que me vigiassem. Não sei se vigiavam a casa da velha, mas imaginava suas cabeças, seus jogos de luzes e trevas, em tudo o que fermentavam ali, contra nós. Em todo caso, mais do que tudo, penso que é a casa da velha que deveriam vigiar, porque o resto eram crianças perdidas como eu, enquanto a velha durava. As portas se abriram e a velha estava ali, intacta, de pé sobre seu corpo frágil – os olhos de rata cansada, os cabelo sempre desgrenhados num ninho revolto que devia ter as raízes fundas na sua cabeça.

Havia uma esfinge no céu estrelado, feita de ébano, que abria um olho enquanto eu dormia. Era o olho do monstro. Seu signo perigoso no meio de peixes, aquários e capricórnios. Eu olhava as estrelas e imaginava qual delas se abria quando o meu olho fechava. Disse para Madalena que a amava, que viesse morar comigo, definitivamente. Ela acariciou meus cabelos, com olhar grave. Disse que eu não devia mais visitar a velha, que tinha ouvido algo na praça. O quê? Eu perguntava, mas ela dizia que não sabia.

Encontrei a velha pela última vez: estava voltando das flores que depositava toda semana aos pés do museu. Notou como eu me preocupava e se pôs a varrer as folhas, me convidando a varrer junto com ela. Perguntei mais uma vez o que lia nas folhas, mas ela disse que não se tratava de lembrar, mas de esquecer, angariando forças na segurança física da sua dedicação ao quintal. Limando a tristeza e o desamparo, para que fosse possível carregá-las. "As coisas talvez tenham ido longe demais, não tenho forças", falou. E largou a vassoura. Fui até ela e a guiei pelos ombros até o banco em que normalmente eu ficava. Depois peguei a vassoura e me pus a varrer, a continuar seu trabalho. Ficamos horas a fio. E por um segundo me esqueci de onde estava, esqueci-me de mim e tudo o que sobrava eram montes e montes que se faziam e se desmontavam. Então isso era o tempo eu pensava. E olhava a velha absorta, olhando os resultados incessantes do meu trabalho. Quando acabei, apenas as árvores balançavam. E eu e a velha balançávamos também, lado a lado.

Morreu no dia seguinte, foi encontrada à beira da mata. Parecia ter cruzado a floresta, e morreu quando encontrou a cidade. Morte natural não estava descartada, afinal era uma senhora de idade, que teimava em visitar a mata, contra a ordem de isolamento. Em todo caso, sugeriam que grupos de vigilantes, por melhores que fossem suas intenções, eram desencorajados. Que para isso existia a polícia, muito bem equipada. Eu sabia que a tinham matado, com um golpe violento e rápido. A imagem do corpo da velha, arrastado pelos pés – sua cabeça deixando um rastro pelo terreno ainda me visita com frequência, em noites como essa em que procuro por meu próprio passado. Acendo velas todas as sextas-feiras e Madalena me acompanha enquanto bebemos, enquanto esqueço da velha e deixo que me habite, silenciosamente. Que paire sobre minha maturidade. Sobre as plantas varridas, montes feitos e desmontados. E eu com a lembrança da velha internalizada, sempre com ela, minha arma. Porque nosso negócio sempre foi resistir, muito mais que avançar. E nossa esperança sempre veio do futuro, contra um presente contrário. Somos as conchas lapidadas nos mares revoltos, as conchas que a velha recuperava.

"A bruxa morreu", diziam na praça. E já não se colocavam mais flores no museu, todos muito assustados. O dia da morte se aproximava. Decidiram que o monstro seria fuzilado, dentro da própria jaula. E eu imaginava os quadros como testemunhas, os ouvintes do estrondo das balas. O museu se encarregaria de ser para sempre a sentinela daquela batalha. Depois seu corpo seria queimado. E o pó depositado em duas urnas. A primeira ficaria no museu, para que a população pudesse lembrar sempre do monstro, dos seus limites, da batalha que a cidade havia travado e vencido. A outra urna ficaria com o general.

Meu luto era pela velha, fui até sua casa e entrei, com a chave que havia me dado. Olhei tudo aquilo e era como se continuasse viva, em cada canto da casa invadida, finalmente, agora vejo, pela própria mata. Passei a noite por ali e dormi no banco em que conversávamos. Senti raiva. Vontade de me destruir, porque o mundo já tinha feito sua curva. Que tinha se perdido em tantas vielas, que já nunca mais poderia encontrá-lo. As lágrimas desciam pelo meu rosto, com calma, como se chorar fosse mesmo como respirar. Deixei que me esvaziassem, que me esvaziassem. E soube que choraria muitas vezes mais, com aquela mesma calma. Que o choro havia me encontrado, como um amigo perdido, que volta melhor de uma longa viagem. Eu me levantaria, vi logo. Me levantaria do banco, trancaria a porta e voltaria para casa. E Madalena estaria lá me esperando, para que pudéssemos continuar, acendendo fogueiras nas nossas rotinas, montando entrepostos que nos permitiriam avançar. Peguei a vassoura e saí, para nunca mais voltar. Quando cheguei em casa, quebrei um prato, meio sem querer, meio que por acaso.

Sabia que precisava procurar, algo no fim da noite, algo a que fazer da morte da velha. Desde o começo da noite eu sabia, quando me olhei no espelho e me encarei, segurando as pontas da jaqueta gasta. Sabia quando saí de casa e olhei a rua vazia. E também quando avancei pelas ruas vazias, me sentindo a andarilha da noite, cruzando as calçadas. Sabia também quando encontrei meus amigos na fila, e os evitei, porque sabia que procurava e logo procuraria, lá dentro, algo no fim da noite. Aguardávamos todos em bando, conversando entre a gente, resignados, porque sabíamos que apenas lá dentro seria a hora de nos perder, cada um solto na festa, naquelas luzes-labirinto, cheia de corredores específicos e imaginários. Mas não agora, quando ainda éramos apenas nós, na fila, sob a luz monocromática dos postes. Quando entramos, quando entrei, já não lembrava nem sabia que eu procurava: mas estava desperta. E isso com certeza seria importante. Pedi uma coisa pra mim, com gim, e sai em volta, com o canudo sempre perto da boca. Bebi enquanto dançava. Madalena chegou e me deu um beijo. As luzes quentes esfriaram, pareciam artificiais. Porque Madalena me trazia a lentidão da realidade. E aquilo seria importante. Porque o que eu buscava não estava no começo da noite, mas no fim da noite, em que procurava encontrar algo intacto. Pedi mais um drink e bebi num instante. E mais outro, enquanto me preocupava em segurar a realidade nos braços, procurando fazer com que o álcool não me oferece alívio, nem distracão, escapatória. Queria atravessar a noite difícil em seus pântanos, atravessar o desconforto e a dor, sempre com Madalena. Encontrando um lugar novo pra mim, mas também para ela. Cuidei de não soltar seu braço, de não perdê-la de vista, porque ela seria importante – eu sabia – para encontrar o que procurava. Dançamos, eu e Madalena, que não parecia procurar nada na noite, mas apenas afundar e perder-se, como num banho. Procurava as palavras, porque elas não me poderiam faltar, seriam elas que me manteriam sempre atenta quando uma ideia viesse à tona. Seriam elas que se recusariam a afundar, me mantendo desperta para chegar onde precisava. Por todo esse tempo eu dançava, por todo esse tempo: e a palavra música roubava o som que eu escutava. Apenas uma palavra, virando um signo sobre toda aquela gente. Madalena dançava num ritmo próprio, como no mais todas as pessoas dançavam, flocos perdidos, dessincronizados. Era o sinal de que me aproximava, olhando com distância os ritmos desencontrados. Os meus não eram mais como os de Madalena, os meus já não eram mais como a música. Havia um silêncio lá fora. Eu percebia isso, aquele cubículo dançante e a noite lá fora, e isso seria importante. Me certifiquei de que ainda tinha a realidade nos braços, mas não a encontrei de partida. E isso seria importante. Tomei mais um copo, não lembro o que era. Senti o gelo descendo, percebendo que meus sentidos seriam trunfos, porque nunca se embriagavam. Vários dos meus amigos já haviam se perdido, sabia que já não encontrariam nada. Ninguém ali além de mim mesma, poderia chegar ao final da noite e isso me encorajava. Apenas eu, sozinha, e isso seria importante. Tomei o último copo e senti a embriaguez, mas segurava a tontura, fingindo que não importava e quase não importava. Sem a velha, me sentia perdida, adivinhava como fúteis e descordenados, os movimentos de dança, os sentidos da nossa luta. Mas seu sussuro chegava até mim e discordava. Havia uma saída, eu pensava. Puxei Madalena e disse que precisávamos ir. Saímos de mãos dadas no ar frio da madrugada, que me despertou e isso seria importante. "Madalena, procuro algo no fim da noite", eu não podia dizer. Porque era sozinha que procurava. Teria que fazê-lo sem ela, como se ela fosse um lampião que eu levantava, para avançar no escuro. Levantei Madalena bem alto, diante dos olhos, porque intuí que se ela estava ali, era parte do que eu buscava no final da noite. E que se a perdesse, perderia o meu lampião. E avançaria sem direção. "Não quero ir pra casa", falei. E Madalena me olhou indiferente, como se desse no mesmo. "Quero ver a floresta", falei. E a puxei pelos braços. Pegamos dois mototáxis e eles levaram cada uma de nós, e eu via a luz traseira de Madalena como um presente iluminado na estrada. Nós duas como duas estrelas cadentes variantes, porque os motoristas ziguezagueavam. Pensei se as estrelas nos reconheceriam, porque já pensava nos termos do universo. E isso seria importante. Eu segurava no homem-moto e sentia o vento nos olhos, o mesmo vento que soprava das estrelas – e me perdia vagalume no escuro, as ideias acendendo e apagando, talvez porque a distância entre elas aumentava. Quando chegamos, a primeira coisa que ouvi foi o silêncio, como se um dos meus sentidos se impusesse, visivelmente mais importante que os outros. O silêncio, outro tipo de música. Ouvi o rangido do mundo, suas bordas em atritos constantes. Madalena andava na minha frente, mas era uma coisa distante, uma ideia, a ideia de alguém, no meio da árvores. O final da noite estava parado, não era nem o fim nem o começo de nada. Era o tempo imóvel como um ninho, não, não como um ninho. "Você que se move", a velha parecia dizer.

PARTE 4
CRESCIMENTO

Agora que quase envelheço, que envelheço e já me vejo mais velha do que fui, ou vejo que já sei ser mais velha... agora que vejo meus contornos e comportamentos: continuo a ver meus mesmos olhos iguais. Estão calmos, estranhamente calmos, embora às vezes me olhem soturnos, pedindo que faça algo, mas apenas intuo o quê: como se algo neles travasse uma batalha, que já se encontra longe de mim, uma batalha que já não quero travar, que me afunda os olhos numa cicatriz. Comecei eu mesma a pintar. E as pessoas compram meus quadros, pela cidade. Talvez tudo tenha passado, de alguma forma. Talvez um novo monstro comece sua gestação, no interior da floresta, talvez algo se mova dentro de mim. E lá iremos nós, despertos, renovada a força em meus olhos cansados. Arriscar a derrota mais uma vez, sabendo que não faz mal. Sei que muitos perderam mais do que eu e por eles lamento, mas já não choro. Me divorciei das lágrimas, porque não sei o que a primeira faria de mim. Por isso carrego meu choro diluído e calmo, como um chá que tomo ao longo do dia.

Às vezes acho que tudo o que aconteceu continua acontecendo na minha cabeça, que continuo me reunindo com o grupo, que sigo fazendo excursões furtivas na mata, que sigo visitando a velha em sua casa, que continuo indo e vindo pelas calçadas, voltando pra casa. Às vezes penso que tudo isso continua acontecendo, que tudo isso vive em mim. E que de alguma forma isso me ancora, por ser ao mesmo tempo o passado e o futuro que estendo diante de mim. Sou eu agora quem carrega o monstro. Eu e muitas mais, sempre muitas: porque o monstro nasce e renasce, movendo a história. Por isso sempre reviverei Hugo, estarei mil vezes numa passeata, estarei mil vezes em várias. É desses lugares que continuo gritando, mesmo que agora me encontre escrevendo, escrevendo calada.

Não quero escrever mais sobre o general, sua vida se encerra aqui nessas páginas. Fiz da minha casa um ninho tranquilo e ando pela cidade como uma pássaro raro e isso me estranha. O monstro se foi e é possível esquecê-lo, enquanto caminhamos para reencontrá-lo. Por hora somos diferentes, somos iguais. Me dedico a desvendar os mistérios de Madalena, sobretudo nas horas em que me parece resolvida, sobretudo nas horas em que menos lhe acho. Nessas horas, procuro ver primeiro essa estranha, depois essa amiga, a mulher por quem me apaixonei. Penso se em todos esses anos a conheço ou apenas o que ela produz. E brinco com os dedos nessas águas, que me divertem: sem fundo. Mas tudo isso me conforta, o amor, que começa nela, que estendo aos meus quadros. E torço para que se emanem algo das paredes das casas, mas já não tenho ilusões sobre isso. São os montes de folhas que ajeito e depois desfaço. Telas em branco, mundos que recomeçam, terminam, acabam. Flocos do tempo que

apoio pelos cantos da sala. E que depois somem, pra sempre.
Não quero falar sobre o general , nenhum general, nem
reconhecer que eles estão aqui, ainda por toda a parte. Sei
que saem às suas varandas e apoiam as mãos nos parapeitos,
espalhados pelo mundo todo. Vejo às suas frentes uma
infeliz multidão, mas não faço parte. Não possuem nada
mais que um jardim feio, por mais belos que possam lhes
parecer. São feios, alienados, diminuem o tempo, a leveza,
a liberdade. Mas as manhãs, a mesma que olho, continuam
maiores do que eles. Que não sabem.

Ainda vejo coisas suspeitas pelas ruas, escondidas nos
letreiros da cidade que avança, nos embrulhos que vão
enrolados embaixo de um braço. Sei o que foi tudo aquilo,
que agora dorme na praça. Diante do museu, tão calmo,
convidativo a qualquer um que entrasse. Nunca entrei lá,
nunca mais. Embora muitos sim, e visitem suas galerias de
quadros. Penso na jaula do monstro, na sua urna. Estão lá.
Mas sigo minha vida em frente, colhendo aquilo de que
sou capaz. E me basta. Não dou para grandes epopeias, sou
feita à margem da história, um trem que vejo passar. Me
sinto mal, porque meus olhos são delicados, poderiam ser
diferentes e que bom que o são pra muitos. Mas quando
olho pra mim, vejo a verdade: nunca fui uma fortaleza.
Cresci cheia de desajustes, sonhos, desencaixes. E penso
no que de bom posso fazer com isso, torcendo por semear
inclinações a partir dos meus quadros, embora saiba que
nada mude, por melhores que sejam os quadros. Vejo a
tarde, simplesmente a tarde, a mesma tarde que há milhares
de anos foi a mesma tarde, também como eu à margem
da história. Não existem novidades no tempo onde o sol
e o nosso planeta. Infelizmente não há. Apenas os dois

dedos da noite e do dia roçando entre si, aguardando em cima da mesa da eternidade.

O bicho seguia, indomesticável, olhando a cidade do alto de um galho torto. O bicho seguia, selvagem, mordia quando me aproximava. O bicho seguia, olhando pra mim, me indagava, sem dizer nada. Deixando que o diga, eu. E que contemple minha criação, quando escrevo, em lanças inofensivas que atiro em sua direção, num jogo que não termina. Não acreditar no que os olhos veem, como me disse a velha. Que há outro olho, escondido. Que uma hora se abre. O monstro era meu anjo da guarda.

Monstro bicho, finalmente te chamo, te recebo, incorporo suas intenções. Bicho, finalmente, dentro de mim. Onde já não se possa buscá-lo, capturá-lo, prendê-lo. Bicho, inalcançável, dentro de mim, meu crisma, minha oferenda em seus braços. Talvez seja o que Hugo tenha encontrado, uma curiosidade, que vai se saciando, que se renova, mas não se completa. Desbravar a vida, não decorá-la, em gesto gentil, mas inconsistente. Largando o que aprendemos pelo chão, depois recolhendo e significando.

Disse à Madalena que o museu havia procurado um dos meus quadros, que ainda não havia recusado. Ela fez uma cara de espanto. Disse que eu saberia o melhor a fazer: meu quadro, olhando a jaula do monstro, na galeria-epicentro da minha história. Aquilo era participar? Eu achava que não, mas secretamente achava me inscrever na história. Continuava com o monstro, por todos esses anos afinal e minha obra velaria sua alma vazia, pedindo perdão por não ter podido, por não ter me levantado. Continuei lavando as louças na pia, com a água escorrendo nas mãos. E sentia que minhas mãos se moviam, enxaguando, enquanto tudo descia pelo ralo. Me imaginei com uma balaclava, avançando na noite arredia, que eu avançava, arrombando a porta de serviço e andando nas sombras do museu aceso, até encontrar a jaula do monstro, com meu alicate. Ele olhava pra mim: e era exatamente como eu, uma fera incompreendida que no final das contas, tinha seu universo e mais nada.

Nas noites em que Madalena me deserta meço o tamanho das coisas. Esvazio a mesinha de centro e sobre ela estendo o pano velho em que jogamos baralho, é o meu tabuleiro. Olho em volta: procuro as ideias que vão ser o monstro, peça central no meu pequeno esquema, do que deve ganhar vida em minha moldura-toalha. Nada me escapa e no entanto tudo me escapa, porque nada parece disposto a sintetizar coisa alguma, a reunir em si uma parte que remeta ao todo que basta. Tudo o que tenho parece encostado contra a parede, como se dissessem "eu não, eu não sou nada", evitando o que procura meu olhar. Vejo a calmaria das coisas e imagino se sentem como eu a perseguição eminente que vive lá fora e se é por isso que estão tão caladas, como eu. Se evitam chamar atenção, fazer um ruído que seja, qualquer coisa que possa despertar o primeiro passo de um coturno que vem terminar contra a porta. Encontro o barulho surdo na madeira, a grande ameaça. Reparo no museu-masmorra, como uma grande lápide. Me aproximo da tela e começo a pintar.

Ainda vou em sonho à casa de velha e ainda vejo sua sombra aqui e ali, mas no geral, me sinto sozinha. As coisas foram sendo deixadas: as árvores ainda balançam e o mato continua avançando na casa, que ninguém nunca quis alugar. Ainda assim me sento no banco, ainda assim observo a paisagem da velha, descoordenada. É a minha praça, meu parque. Um lugar entre aqueles muros, onde posso fumar um cigarro. Também volto muitas vezes à floresta, que aos poucos se restaurou, e ainda me assusto quando alguma coisa parece se mover ao longe. Olho a ausência do monstro, a natureza sem sonhos e inanimada. São os longos passeios que faço, em roupas de exercício à beira da estrada, enquanto carros velozes vem e me passam.

Soube da morte do general, uma morte simples de homem velho envolto em seus cobertores. Não usava mais boinas nem óculos. E talvez seus olhos tenham se arregalado. A última coisa que viu, não sei, mas penso no monstro. É impossível que não tenha voltado para assombrar alguns de seus últimos dias, dizendo assim: "ainda estou aqui, nunca morro". O rosto sorridente do monstro. Descabelado como a velha, perguntando o que foi que ele colheu e o que levava nas mãos, agora que atravessava. Ouviria, sim, saraivadas de balas velhas, varando o ar por obra de brigadas velhas, ainda paramentadas em mofo. Ainda estou aqui, gostaria de dizer-lhe, ainda que ele nunca me tenha encontrado. Como se eu fosse a inimiga mortal que ele perseguiu todos esses anos e muitas como eu, gente que ele nunca havia conseguido encontrar. Porque de novo, estamos à margem da história, porque ela anda a passos largos sobre nós, enquanto caminhamos na sala de casa, eu e Madalena. Pensando no que fazer entre os quadros e porta-retratos. E realizo: que ao largo da história se escreve uma outra, que é preciso contá-la. Que escondida na imensidão de um tempo parado vivo a ilusão poderosa de percorrer uma vida que não acaba. Como se minha ideias fossem registradas no livro da existência, eternos, como todas as coisas, meus quadros.

Minha tela ficou pronta e olhei-a uma última vez, antes de levá-lo ao museu. Caminhava pelas ruas com a minha história enrolada nos braços. Como se o ponto final de tudo aquilo fosse o bater de um prego na parede, soando pelos corredores do museu, entre as pessoas distraídas, despreocupadas. Como um ponto final. Vi crianças correndo e monitores sentados em suas cadeiras. Disse quem eu era e me encaminharam à gerência da casa. Depositei o quadro sobre a mesa e agradeci, mas estranhamente sentia que meus obrigadas corriam às minhas costas, indo se acomodar na jaula vazia e iluminada. Perguntei onde o colocariam e me disseram que no segundo andar. Saí e encarei a porta de entrada, a escada. Subi normalmente, sem solenidade. Olhei os ambientes onde tantos haviam sido presos, depois libertados. E como a luz do sol inundava os salões, varrendo tudo aquilo pra fora. Avancei e vislumbrei a cela na segunda sala. Parei diante das cinzas e toquei o vidro daquele lindo cálice. Uma criança se aproximou e colou o nariz no vidro, do outro lado. E seus olhos esperançosos olhavam aquilo, brincavam. Entrei na jaula e vi o banco vazio, enclausurado. Vi o que ele vira, sonhei o que ele sonhara, olhando as mesma janelas, imaginando a floresta ao longe. Procurei pelo chão qualquer marca, qualquer cicatriz. Passei os dedos pelas barras das grades, da cela incapaz de prender, que já não prendia mais nada. "Vencemos" – eu ouvia a velha dizer. E o vento soprava comigo por entre as barras da cela vazada.

CARA LEITORA, CARO LEITOR

A **Cachalote** é o selo de literatura brasileira do **Grupo Aboio**. Lemos, selecionamos e editamos com muito cuidado e carinho cada um dos livros do nosso catálogo, buscando respeitar e favorecer o trabalho dos autores, de um lado, e entregar a vocês, leitores, uma experiência literária instigante.

Nada disso, portanto, faria sentido sem a confiança que os leitores depositam no nosso trabalho. E é por isso que convidamos vocês a fazerem cada vez mais parte do nosso oceano!

Todas as apoiadoras e apoiadores das pré-vendas da **Cachalote**:

— têm o nome impresso nos agradecimentos dos livros;
— recebem 10% de desconto para a próxima compra de qualquer título do Grupo Aboio.

Conheçam nossos livros pelo site **aboio.com.br** e siga nossos perfis nas redes sociais. Teremos prazer em dividir com vocês todos nossos projetos e novidades e, é claro, ouvir suas impressões para sempre aprendermos como melhorar!

Embarque com a gente.

Cada livro é um mergulho que precisa emergir.

APOIADORAS E APOIADORES

Agradecemos às 178 pessoas que confiam e confiaram no trabalho feito pela equipe da **Cachalote**.
Sem vocês, este livro não seria o mesmo.
A todos os que escolheram mergulhar com a gente em busca de vozes diversas da literatura brasileira contemporânea, nosso abraço. E um convite: continuem acompanhando a **Cachalote** e conheçam nosso catálogo!

Adriane Figueira Batista
Alexander Hochiminh
Allan Gomes de Lorena
Ana Cecilia Bastos
Ana Tanis
Ana Tereza Barreto
André Balbo
André Bludeni
André Costa Lucena
Andre Nunes
André Pimenta Mota
Andreas Chamorro
Andressa Anderson
Anna Peluso
Anthony Almeida
Antonio Pokrywiecki
Arlete Schinazi
Arthur Lungov
Beni Morgenstern
Benjamin Golcman
Bernardo Stuhlberger Wjuniski
Bianca Monteiro Garcia
Caco Ishak
Caio Balaio
Caio Girão
Calebe Guerra
Camilo Gomide
Carla Guerson
Cecília Garcia
Chimene Ramos
Cintia Brasileiro
Claudine Delgado
Claudio Lederman
Cleber da Silva Luz
Cristina Machado
Dan Josua
Daniel Dago

Daniel Dourado
Daniel Giotti
Daniel Guinezi
Daniel Kutner
Daniel Leite
Daniel Pepe
Daniel Rimoli
Daniel Ritto
Daniela Rosolen
Danilo Brandao
Deborah Ledermann
Denise Lucena
    Cavalcante
Dheyne de Souza
Diogo Mizael
Eduardo Henrique
    Valmobida
Eduardo Rosal
Enzo Vignone
Fábio Franco
Febraro de Oliveira
Flávia Braz
Flávio Ilha
Francesca Cricelli
Frederico da
    C. V. de Souza
Gabo dos livros
Gabriel Azevedo
Gabriel Cruz Lima
Gabriel Stroka Ceballos
Gabriela Machado
    Scafuri

Gael Rodrigues
Giselle Bohn
Guilherme Belopede
Guilherme da Silva Braga
Gustavo Bechtold
Gustavo Bruzadin
Gustavo Lafayette
Gustavo Lopes Lafayette
Helena Galvão
Henrique Emanuel
Humberto Esmeraldo
Jadson Rocha
Jailton Moreira
Jairo Rosenhek
Jefferson Dias
Jessica Ziegler
    de Andrade
Jheferson Neves
João Luís Nogueira
Júlia Gamarano
Júlia Vita
Juliana Costa Cunha
Juliana Slatiner
Júlio César
    Bernardes Santos
Laís Araruna de Aquino
Laura Del Rey
Laura Redfern Navarro
Leitor Albino
Leonardo Garbossa
Leonardo Pinto Silva
Leonardo Zeine

Lili Buarque
Lolita Beretta
Lorenzo Cavalcante
Lucas Ferreira
Lucas Lazzaretti
Lucas Verzola
Luciano Cavalcante Filho
Luciano Dutra
Luis Felipe Abreu
Luís Sávio Sousa
Luis Schiriak
Luísa Machado
Luiz Bretz
Manoela
    Machado Scafuri
Marcela Roldão
Marcelo Chaves
Marcelo Modesto
Marcelo
    Rebouças Amaral
Márcia Campos
Marcia Ferreira
    de Freitas Ramos
Marcia Zanotti
Marco Bardelli
Marcos Alexandre
    Manoel
Marcos Kory
Marcos Vinícius Almeida
Marcos Vitor
    Prado de Góes
Maria F. V. de Almeida

Maria Inez Porto Queiroz
Maria Luiza Correa
Mariana Corrêa
Mariana Donner
Mariana Ferreira
Mariana Figueiredo
Marina Lourenço
Mateus Magalhães
Mateus Torres
    Penedo Naves
Matheus Picanço Nunes
Mauro Paz
Milena Martins Moura
Minska
Natalia Timerman
Natália Zuccala
Natan Schäfer
Otto Leopoldo Winck
Paula Fabiani
Paula Maria
Paulo Scott
Pedro Machado
Pedro Tavares
Pedro Torreão
Pietro A. G. Portugal
Rachel Ritto
Rafael Barreto
Rafael Mussolini Silvestre
Ralph Moise Green
Regina Lederman
Reny Golcman
Ricardo Kaate Lima

Rodrigo Barreto
    de Menezes
Sabrina Bindo
Samara Belchior da Silva
Sergio Mello
Sérgio Porto
Silvia Korytnicki
Tadeu Pinheiro
Tatiana Albuquerque
Tatiana Musa
Telma Rutman
Teresa Almendra
Thaís Bassinello
Thais Fernanda de Lorena
Thassio Gonçalves Ferreira
Thayná Facó
Thiago Faria
Tiago Moralles
Valdir Marte
Valeria Gonzalez
Vera Teodoro
Veronica Barreto Fortes
Vivian Weil
Weslley Silva Ferreira
Yvonne Miller

PUBLISHER Leopoldo Cavalcante
EDITOR-CHEFE André Balbo
REVISÃO Veneranda Fresconi
ASSISTÊNCIA EDITORIAL Nelson Nepomuceno
DIREÇÃO DE ARTE Luísa Machado
COMUNICAÇÃO Thayná Facó
COMERCIAL Marcela Roldão
PROJETO GRÁFICO Leopoldo Cavalcante

© da edição Cachalote, 2024
© do texto Henrique Lederman Barreto, 2024

Todos os direitos reservados. Nenhuma parte desta obra pode ser reproduzida, arquivada ou transmitida de nenhuma forma ou por nenhum meio sem a permissão expressa e por escrito da Aboio.

Grafia atualizada segundo o Acordo Ortográfico da Língua Portuguesa de 1990, que entrou em vigor no Brasil em 2009.

Dados Internacionais de Catalogação na Publicação (CIP)
Eliane de Freitas Leite — Bibliotecária — CRB-8/8415

Barreto, Henrique Lederman
   O Bicho / Henrique Lederman Barreto -- São Paulo : Cachalote, 2024.

   ISBN 978-65-83003-00-3

   1. Romance I. Título

24-207892   CDD-869.3

Índices para catálogo sistemático:
1. Romances : Literatura Brasileira

[2024]

Todos os direitos desta edição reservados à:
ABOIO EDITORA LTDA
São Paulo — SP
(11) 91580-3133
www.aboio.com.br
instagram.com/aboioeditora/
facebook.com/aboioeditora/

[Primeira edição, setembro de 2024]

Esta obra foi composta em Adobe Caslon Pro.
O miolo está no papel Pólen® Natural 80g/m².
A tiragem desta edição foi de 300 exemplares.
Impressão pelas Gráficas Loyola (SP/SP)

A marca FSC® é a garantia de que a madeira utilizada na fabricação do papel deste livro provém de florestas que foram gerenciadas de maneira ambientalmente correta, socialmente justa e economicamente viável, além de outras fontes de origem controlada.